KB268892

풀숲에 작은 들꽃처럼

풀숲에 작은 들꽃처럼
한국문학작가연합 제5집

초판 인쇄 | 2008년 11월 20일
초판 발행 | 2008년 11월 25일

지은이 | 전성재 외
펴낸이 | 신현운
펴는곳 | 연인M&B
디자인 | 이희정
기 획 | 여인화
등 록 | 2000년 3월 7일 제2-3037호
주 소 | 143-874 서울특별시 광진구 자양동 680-25호(2층)
전 화 | (02)455-3987 팩스 | (02)3437-5975
홈주소 | www.yeoninmb.co.kr
이메일 | yeonin7@hanmail.net

값 9,000원

ISBN 978-89-6253-015-5 03810

한국문학작가연합 제5집

풀숲에
작은 들꽃처럼

아무도 관심 갖지 않은 **풀숲에 작은 들꽃**이 바람에 살랑거린다

작년 홍수에 상처 입은 나무 밑둥을 감싼 풀숲이가 **작은 들꽃**을 보호하고 있다

행여 발자국 소리에 숨지나 않을까

거칠스러울 만치 **여린 꽃잎**을 툭! 건드리니 저항도 하지 않는다

살랑거리는 바람에 몸을 맡긴 채 **여린 들꽃**은 명상에 잠긴다

이름은 모르지만 작은 체구로 **세상 모든 일**을 포용하는 모습이 아름답다

풀숲에 가려 눈에 띄지 않지만 자신의 자리에서 뜨거운 태양을 고스란히 받고 서 있는

들꽃에게서 나의 삶을 재조명해 본다

연인 M&B

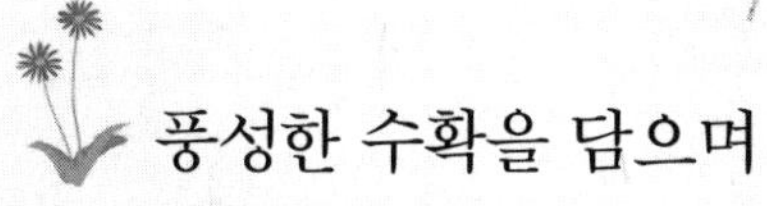

풍성한 수확을 담으며

따가운 햇살을 받으며 하늘거리는 길 따라
코스모스가 덩달아 춤을 추며 가을을 찬양한다.
풍성한 감성과 아름다운 노랫소리는
이 계절이 가져다 준 값진 선물이 아닐 수 없다.

한국문학작가연합 5집 발간!

얼마나 설레며 기다렸던가.
그 속에 담겨진 작품들은 얼마나 행복한 자산인가.
가을은 모두가 시인이 되게 한다.

"一日不作이면, 一日不食"

작가들의 뜨거운 열정이 있기에
올 한해의 결실이 풍성해짐을 또한 느끼며 수확을 담는다.

2008. 10.
한국문학작가연합
회장 전성재

| 차례 |

그 사람이 운다

김낙필

· 충남 태안(원북) 출생
· 한맥문학 등단
· 한국문학도서관 회원
· 부림서양화교실 회원
· 한국문학작가연합 부회장

가을 남자

전동차 안에는 눈을 감은 남자들이 여행을 떠나고 있다
정동진으로 공능능선으로 섬진강으로 비진도 꽃담으로
가을처럼 떠나고 있다
그리운 것은 그리움으로, 아름다운 것들은 사랑으로
한 땀 한 땀 수를 놓으며 가을 속으로 스며간다
가을 나그네…
내릴 곳도 짐 보퉁이도 몽땅 잊어버리고 간다

인간의 수놈은 여전히 피곤하다
이 가을 세렝게티 수사자는 먼 초원을 한가로이 바라보고
있는데
인간의 남자는 신도림역에서 역사 계단을
헐레벌떡 두 칸씩이나 점프해 가며 삶을 갈아타고 다시 갈
아타고
세속의 시간들을 분주하게 갈아타고 있다
대청봉의 가을은 붉게 물들고 공원 벤치에는 곱게 낙엽 지는데
남자의 가랑이로는 그저 뻑뻑한 땀이 흐른다
화약 냄새 그득한 게임방에서 자동소총으로 난사하는 가을은
핏빛 낭자한 선혈을 뿌리며 쓰러진다
남자도 매일매일 제 가슴을 살해하고 살아간다
뉘엿뉘엿 하루해도 저물어 별 없는 밤으로 귀향하는 병사처럼

총대에는 성근 비애들이 매달려 흔들거리고 있다
가을은 울컥 마른기침을 토해낸다
가을 남자는 겨울로 가는 마지막 기차를 놓치고 만다

마지막 저녁으로 옹골찬 꽃게를 사다가 꽃게탕을 끓인다
꽃게탕이 열심히 끓는 동안 남자는
깊은 가을 잠을 잔다

그 사람이 운다

땅거미 지는 길섶에
어깨를 들썩이며 오열하는
위태로운 삶의 비탈로
많은 것들이 흘러가고
아직 살아남은 자리는 무성한데
이렇게 진실하고 절박하고
슬플 수가 있을까

온 힘을
발끝에 모아도
뿌리는 여전히 위태롭다

진실 하나로
세상을 업고 살다가
그 믿음이 깨지면 이리 서러울까
애초부터 약게 살았으면
흔들거리지는 않았을 텐데
생은 언제나 비탈이라
내리막을 두려워해서
나무들은
그렇게 비탈에서 울었나 보다

바람의 잔이 넘쳐서
눈물의 잔이 되고
그대는 침묵의 강으로 흘러가고
흔들리는 가지 사이에서
그 사람이 운다

순간을 사랑해야 하는 나이에는
또렷한 행적조차 없어서
그 사람은
비스듬히 기운 채
나무처럼 울고 있다

상처가 아프다

송이버섯을 다듬다
엄지손가락을 베었다
검붉은 피가 뚝뚝 떨어진다
망연히 핏방울 끝을 본다
이토록 살을 베어 본 지가 언제였던가
십수 년쯤… 아니 그 훨씬 전인 것 같다
우선 되는대로 화장지로 상처 부위를 싸매고
지혈을 한다
소염제 연고는 찾았는데 소형밴드가 없다
손가락을 부여잡고 이곳저곳 아무리 뒤져 봐도
어디 두었는지 기억이 없다
슬며시 부아가 난다
뭘 먹고 살겠다고
송이씩이나 사다가 무심한 칼질로
피까지 보다니
먹는 짓에 부질없어 욕을 퍼붓는다

오래된 등산 가방을 뒤져 연고를 바르고
밴드를 찾아 붙였다
한숨 돌리고 앉아서 아린 손을 물끄러미 바라본다
이 손톱만큼도 못한 상처가

내 자존심을 슬프고 아프게 건드린다
사실 아픈 건 너무 싫다
손도 못 씻고 세수도 못하고 머리도 못 감고
샤워도 못하고
코딱지만한 상처가 여러 구석구석 많이도 불편하다
잠시 동안 내가 나에게
무심함에 가슴 치며 나무라고 꾸짖고 탓한다
"정신 놓지 말고 잘 좀 해……"

작은 아픔을 음미하다가
양손을 고무장갑으로 무장한다
압력솥에 밥 안치고
대보름 나물 다시 뎁히고
송이버섯 야채와 함께 달달 볶고
강된장 풀어 찌개 끓이고
아무리 아프고 시리고 쓰려도 배고프면 먹어야 산다
먹고 나서 졸리면 자야 살고
그러다 보면 하찮은 손가락 상처쯤이야
언제 그랬냔 듯 제풀에 아물어 버리겠지

먼 산허리를 돌며

차마 문지방을 넘지 못하고 기웃거리는
오래 절은 상처는
소염제나 일회용 밴드를 몇 백 번 갈아 붙여야
아물런지
모르겠다……

사랑

화살촉 하나를 맞았다
날아온 곳을 바라보지 못했다
깊게 패인 상처를 사랑해야 하니까
가을이니까

함부로 말도 못한다
그의 활시위가
이미 내게로 당겨져 버렸기 때문이다

겨울 문턱이다
동물원 옆 숲길 벤치에서
오지 않을 사람을 마냥 기다린다
기다림은 한 송이 눈꽃같이
기억 속으로 걸어온다

상처가 없으면 무슨 사랑이랴
그리운 게 없으면
어떤 계절이 오고 가겠으랴
봄이 멀지 않으니
사랑은 또 오고 가지 않으리

자판기 커피 종이잔이
양손 바닥 안에서 따듯하게 행복하다

나를 고발한다

그가 내 옆에 누워 있다
맥박 소리가 쿵쾅거린다
잦아들다가 껄떡 숨넘어가듯 다시 몰아쉬는 숨소리
내 숨결과는 언제나 엇박자로 어긋나 있다
나란히 누워 있음은 남남이 아닌 게다
최소한 사돈에 팔촌 인연이던지 사업상의 동침관계가
성립돼 있기 때문이리라
내가 깨어 있을 때 누워 있는 그를 보는 일은 참담한 일이다
그곳엔 노동도 없고 화려한 몸 사위도 찾을 수가 없다
때론 야윈 볼이 측은해지기도 했다가
어느 순간 목을 비틀고 싶은 충동에 몸서리치다가도
슬며시 슬퍼 보이고 야비해 보이기도 하는
그의 몸뚱이에서 세월의 흔적 같은 추억의 단내를 맡는다
내가 여태껏 살아 있듯이
구부정한 허리를 버팀목으로 모진 겨울을 수없이 넘기고
말라비틀어져 바삭거리는 몸으로 바람처럼 누워 있는 그가
나는 미워서 미쳐버리겠다
그래서 우리는 이런 식으로 이런 사랑을 하나 보다
그는 애초부터 악의 근성으로 무장된 악귀처럼 악다구니 치며
자기 영역만을 고수하며 살아내더니
언제나처럼 피해자임을 스스로 먼저 입증하고

나는 그가 얽어매는 대로 얽혀 가해자로 낙인 찍혀질 수밖
에 없었는데
정체도 자존심도 모두 귀찮아져 속 것 마저 던져버리고 발
가벗었었다
태초에 수컷과 암컷을 구분 지워 손바닥에 올려놓고 장난질
치던
악랄한 신의 농간에 우리는 승패조차 가리지 못하고 지레
지쳐서
피아(彼我) 구분 없이 이렇게 나란히 숨을 고르며 누워 있는
지도 모른다
천정에 매달아 놓은 멈춘 시공을 쓸쓸하게 음미하면서

벽 거울 속 발가벗은 우리에게
나는 소원한다
너와 내가 나란히 누워 있는 실체가
부디 운명 같은 원죄(源罪)이지는 않기를……

시간을 줍는 노인

이향숙

- 한맥문학 등단
- 국어국문학 전공
- 포항아동문학 '파랑새' 회원
- 포스코 신문 칼럼리스트
- 논술 지도교사(현)
- 한국문학작가연합 회원

흐르는 물에 마음을 담그고

흐르는 물에 발을 담그고 섰다
그림자만 보이던 모습이 시간이 갈수록
눈 코 입 뚜렷하게 보이고 마음까지 보인다
씻어내지 못했던 마음이 투명한 물빛에 자꾸 흘러나오려 하고
흘러나오려던 마음이 투명한 물을 흐릴까 봐 발로 물을 휘
젓는다
나무도 흐르다 멈추고 하늘도 흐르다 멈추고
회색빛 구름만 물 따라 흘려간다
씻어내지 못했던 내 마음도 저 구름 따라 흘려가게 내버려
둘까
흐르는 물에 마음을 담그고 물빛처럼 투명하게 하늘을 쳐다
볼까
흐르는 물에 발을 담그고 서서 하늘을 보니 현기증이 난다

흉터

언덕과 언덕 사이
고인 물 썩고
낮게 앉은 잠자리
찢긴 날개 찾고
햇무리 도는 해바라기
까만 심장 꺼내고
파묻힌 볏가리 뜯어내니
푹 파인 흔적
발로 쓱쓱 그렇게

소외된 사랑

인적이 드문 외진 길, 보랏빛 제비꽃이 하늘을 응시합니다
높은 하늘은 제비꽃의 마음에 담기엔 너무 벅찹니다
이렇게 바라보는 것만으로도 행복해 하며 응어리를 풀어갑
니다
응어리진 외로움을 높은 하늘에 전하기에는 턱없이 작은 키,
제비꽃은 발돋움을 하며 슬퍼합니다
아침 이슬에 조금씩 해소되는 외로움, 그것만으로도 행복해
합니다
촉촉한 단물이 빠져 야위어 가는 제비꽃
바람에 입은 상처를 안으로 안으로 보듬어 안습니다
마지막으로 하늘에서 내려주는 단비
제비꽃은 목숨 건 긴 기다림 끝에
소외되었던 자신의 사랑을 단비에 흘러 보냅니다

시간을 줍는 노인

비좁은 골목 안에 큰 둥우리를 짊어지고 마주 오는 노인.
비켜서야지. 노인이 먼저 둥우리를 머리 위로 인다.
노인의 배려. 나는 반 앉다시피 그 밑을 지나간다.
윗옷이 노인의 발에 걸려 찢어지고 괜찮다는 미소를 보였다.
꾸부정한 노인의 뒷모습. 그 위로 지나온 시간들이 얼기설기.
잊혀지는 하루 속에 둥우리를 지고 이 골목 저 골목.
삶의 막바지. 버려지는 시간들이 아까워.
둥우리 속에 바삐 집게로 집어 올리는 노인.
게으른 둥우리. 노인이 집어 올린 시간들이
거추장스러워 노인 몰래 조금씩 시간을 골목에 버린다.
노인은 다시 그 시간들을 줍기 위에 몇 번인가 골목을 돌고
돈다.

풀숲에 작은 들꽃처럼

아무도 관심 갖지 않은 풀숲에
작은 들꽃이 바람에 살랑거린다
작년 홍수에 상처 입은
나무 밑둥을 감싼 풀숲이
키 작은 들꽃을 보호하고 있다
행여 발자국 소리에 숨지나 않을까
걱정스러울 만치 여린 꽃잎을
툭! 건드리니 저항도 하지 않는다

살랑거리는 바람에 몸을 맡긴 채
여린 들꽃은 명상에 잠긴다
이름은 모르지만 작은 체구로
세상 모든 일을 포용하는 모습이 아름답다
풀숲에 가려 눈에 띄지 않지만
자신의 자리에서 뜨거운 태양을 고스란히 받고 서 있는
들꽃에게서 나의 삶을 재조명해 본다

내 마음 너무 얇아서

유미란

- 한맥문학 등단
- 한맥문학가협회 회원
- 한국문학작가연합 회원
- 시집 『창가에 핀 그리움 하나』

모서리

나는 모서리가 싫다

사람이든 물건이든
창끝을 보는 것 같아 정말 싫다
내가 다니던 초등학교 이층 난간은 섬짓했다
우리 아이들도 모서리에 깨지고 찢기며 자랐다
모서리를 보면 눈이 시려 고개 돌려버린다
마음이 모나서 모서리가 된 건 아니겠지
몸속에 둥근 걸 품기 위한 모서리인가
그토록 모서리를 싫어하면서
나는 모서리를 떠나 살아 본 적이 없다
모서리에서 잠을 자고
모서리에서 밥을 먹고
날카로운 모서리로 요리를 하며 모서리로
글을 쓴다
그럭저럭 모서리와 몸 섞여 살다 보니
나도 모르게
닳고 닳아 무디어지는 모서리

예리한 칼날 품고 눈매 매서웠던 그 아이
지금 어디서 달을 품고
둥글게 살아갈까

내 마음 너무 얇아서

상처로 야윈
젖은 낙엽 들고
내 마음 바스러진다
헛발 디뎌 밟힌
내 무게를 견디며
너의 무너지는 소리에
내 마음 바스러진다
가을, 공허로 텅 빈
한 줄
가지 잡고 흔들리며 울던
너의 숨 막힘이 막막하게 잊혀져
바스러진다
좀 더 일찍
너의 상처 어루만지며
사랑한다는 말 한마디만 들려줬어도
발 디딜 때마다
바스러지는 소리 들으며
미안해하지 않아도 될 텐데

詩 배기

우울함은 잉태의 징조
달거리 전후로 왕성한 호르몬이 분비된다
온갖 잡념들은 때를 놓치지 않고
복잡한 내 감성을 마구 자극한다
어쩌다 찾아오는 막막한 것들과
동침을 한다
수태된 다음날 살살 느껴지는 통증
詩를 임신했다

여름 담쟁이

저녁 밥 익어가는 창틈으로
파란 손이 들어왔다
벽에 비스듬히 기댄 졸린 어깨 너머로
향긋한 풀 냄새가 났다
우주의 어느 별이 떠돌다 떨어져
돌아가지 못하고
지구의 어느 별을 만나
담벼락 아래 몸을 숨긴 채
날마다 차오르는 그리움으로
별이 무성한 숲을
벽에다 서서히 만들고 있었던 걸까
졸린 내 마음의 황무지에
숲과 하늘을 데리고 온 당신
자유로운 창 살 너머로
포근한 별이 뜬다

미몽(未夢)

보리가 익네
부풀다만 초록 보리가
유리잔 속 꿈만 삼키다
퉁퉁 익네
익어, 수척한 그리움 한꺼번에 몰려와
너와 멀어지지 않으려
눈으로 힘껏 고삐를 당겼네
긁힌 눈망울 비린 깃털 하나가
맥없이 부러지고
토닥거리던 흰 손
문을 닫고 우네
주름 잡힌 어둠 속
생명 하나 사라져도
비명 질러줄 바람마저 없네

사랑하다 죽어버리자

김진섭

- 1961년 대전 출생
- 문예사조 등단
- 한국문인협회 대전지회 회원
- 한국문학작가연합 회원

기억의 거울을 들여다보다

떠나는 것들과 떠나지 않는 것들
그리고
새로이 다가오는 것들

민들레 홀씨
기러기
가을
간이역을 스르르 미끄러져 바다로 가는 기차
다가가려 하나 도무지 닿지 않는 꿈
어린 나

홀씨들 날아간 민들레꽃자루 끝에 머쓱한 그의 두상
진흙에 남긴 기러기 물갈퀴 흔적
가슴으로 바람구멍이 나고 거미줄에 걸려 흔들리는 잎새
탄광촌 간이역 선로에 남아 식어가는 햇살
허무
눈부신 햇살에 미간 찌푸린 아이

민들레꽃
철새로 날아오는 기러기
절정 이후 바람에 묻어오는 쓸쓸한 가을

탄전지대를 벗어나 바다로 떠났던 기차
허무 속에 허우적거리는 절망
그리고
어둑한 좌절 속으로 스며드는 한 줄기 눈부신 빛
따스한 기억의 양지
빈 외양간 뜰 앞에 검정고무신 트럭을 몰던
어린아이

가장 오래 내 기억에 구속된 채로
옹졸한 가슴을 벗어나지도 영영 다가서지도 못할
아득하게 그리운 나

폐선

마음이 마음을 놓고 있다
적막은 이런 것이다
안개 그림자 속에
비스듬하게 모습을 비치다 곧 사라지는 녀석은
고독이다
적막의 한 귀퉁이가 슬며시 흔들린다
미량의 바람이 일다 멈춘 자리로
녀석도 자취를 감추었다
풀어놓은 마음은 흔적조차 없다
소리
귀 기울여도 감지되지 않는 초고주파
외계의 신호 역시 감지할 수 없다
인연이 전설을 타고 오던 겨울인가
과거로 가는 포구 어디쯤이던가
아니 모른다
아무것도 감지되지 않는
넋이 나간 포구는 안거에 든 모양이다
시선을 묶어놓은 닻은 심연에 처박혀버린 두께만큼
붉은 녹의 옹이가 두터워진다
견디어라
견디어 내리라

주문을 외워대는 등대의 환멸이 외로움을 낚는다
살아 있다는 증표
시간의
순간순간마다 촘촘히 박힌 비늘, 지느러미가 선명하다
출렁이는 기억의 적막한 공터에
정적의 그림자가 드러난다   .
기울어진 자세를 바로잡고 바람에 뜯어 먹힌
만선의 깃발을 펄럭이는 일이다
그가 할 일이란
아무도 닿지 않는 심해에서 잃어버린
마음을 낚는 일이다

사랑하다 죽어버리자

사랑하다가
사랑한 채로 죽어버리자

詩의
뭉클한 가슴에 가벼운 목숨 하나 걸어놓고
사랑하다가
詩에 파묻힌 이대로 잠들어버리자
별이 빛나는
한겨울 밤에 마지막 이별은 그에게서 하자
눈물나게 독한 詩를 마시고
죽도록 詩에 취하여
사랑하다가 사랑한 채로 죽어버리자
뜨거운 詩의 눈물에
꽁꽁 얼어붙은 채로 죽어버리자
그렇다고
자살을 꿈꾸라는 것이 아니라는 것을
받아들일 만한 詩人의 희미한 그림자들이여
사랑이
그리도 못 견디게 좋은 것이라면
詩를 사랑하다가
사랑한 채로 차라리 얼어 죽어버리자

無名詩人의 그림자들이여
이름 없이
사랑하다가 사랑한 이대로 죽어버리자

화창한 대낮에 별이 툭툭 떨어지던 허공에서
허깨비의 함성이 가슴을 치는
어딘가 모자란 꿈을 꿨다

화몽(花夢)

다가가도 닿지 않는 夢中

발자국도 남지 않는 夢中
지상으로
뚝뚝 떨어지는 눈물의 흔적조차 남지 않는 夢中

수평선
정지된 시간도 사라져버린 夢中에
부풀어 오르는 꿈
끝없는 해안선 타고
육지로 육지로 하염없이 밀려들다 차마 닿지 못하고
꺼져버릴 방울꽃
하얀 포말들… 夢中

하늘과
땅과 바다의 경계선을 가득 메워 피어나는 하얀 꽃
꿈 너머
세상 밖으로
외로움 수줍게 내민 꽃 중에 꽃 한 줄기

방울꽃

희디흰 은방울꽃이었던가?

다가가도 다가가도 닿지 않았던 작은 종소리

부끄러운 가슴에 닿아오는 떨림

깨어날까

두려워지는 이대로 아득한 夢中

뫼비우스의 띠에 오르다

자전거를 타고
내 마음은 돌고
두 바퀴 돌아가는 자전거를 타고
내 마음은 돌고
자기부상열차 선로 아래로 자전거를 타고
내 마음은 돌고
뫼비우스띠 주위를 돌아가는 자전거를 타고
뫼비우스띠 위에 오른 내 마음이 돌고
안팎이 구분되지 않는 길로
자전거가 돌고
안과 밖 구분 없는 내 마음이 돌고
돌아가고 돌아오고 돌고
밤이 낮으로 낮이 밤으로 달이 돌고 지구가 돌고
안과 밖 구분되지 않는 거꾸로 도는 길에
나를 태운
뒤집힌 자전거 두 바퀴가 돌고
뒤집힌 자전거가 돌고

지구 아래에 거꾸로 매달려 도는 자전거
그 아래 뒤집혀 돌아가는 나

그대가 꽃을 피우면

전성재

- 한맥문학 등단
- 한국문인협회 회원
- 세계한민족작가연합 회원
- 한국문학도서관 회원
- 한국문학작가연합 회원
- T.S 엘리엇 기념 문학상 시부문 수상

자기야(瓷器야)

1300도!
신이 빚은 요술 상자
아름다운 그대
바로 당신일 거다

태우고 데우고 굽어
대물로 환생한 건
인력으로 못할 일

자기야,
당신이 부럽다
무슨 비법 있음 일러주렴

토굴 같은 무덤 속
신비스런 유토피아 있더냐
마술 같은 명약 있더냐

신만이 아는 오묘한 진리

자기야,
난 당신이 부럽더라

밀양 소곡(小曲)

그대, 밀양은 잘 다녀왔는가
조금은 때 이른 무더위에 지치진 않았는가
산야의 푸르름이 오가는 발걸음 잡진 않았는가

그대, 밀양은 잘 다녀왔는가
뜨거운 햇살이 사랑만큼이나 달콤하진 않던가
매끄러운 아스팔트가 비포장 흙길보다 불편하진 않던가

그대, 밀양은 잘 다녀왔는가
멀리 있어도 지척에 있는 듯
몽실몽실 그리움 솟을 땐
막걸리 벗 삼아 이야기 보따리 풀며
하루 해 붙잡고 아리랑을 부르고 싶소

그대, 밀양은 잘 다녀왔는가
가지산 넘나드는 길목마다 그리움이 부르진 않던가
꼬불꼬불 배내길 헤쳐 갈 땐
지난 인생 길 생각나지 않던가

그대, 밀양은 잘 다녀왔는가!

길 1

길이란
떠나는 사람을 위해 남겨진
세상의 흔적이며

돌아올 사람을 마중하는
기다림의 징표다

누구나 왔다 가면
흔적을 남기고
돌아올 기약 위해
징표를 남긴다

어디에나 길은 있다
잘 다듬어진 매끈한 길
울퉁불퉁 험한 길

어디서든
길은 뽐내지 않는다

매끈하면 매끈한 대로
험하면 험한 대로

빠르든 더디든
사람들은 길을 찾아오고
그 길을 떠난다

그곳에 길이 있기 때문이다

눈 오는 날의 소묘
─숨바꼭질

펑펑 눈 내리는 날
누가 술래인지
도대체 모르겠다

나무 밑 철이는
헛디딘 발로
나뭇가지 두드리니
어이쿠 봉분 하나 만들어
분칠인지 눈칠인지
하얀 범벅으로 새 옷 입는다

꼭꼭 숨어라
꽁지 보일라

회색빛 하늘도
어슴푸레 어둠 데려와
숨바꼭질 논다

답답한 햇빛
재채기로 허우적대고
바람까지 몰고 와
아수라장이다

이틀째 내리는 눈
곳간 쌓인 양식처럼
차곡차곡 발 디딜 틈 없다

술래 보던 영이도
눈 속으로 숨었다

눈 오는 날
누가 술래인지
모두가 목소리 높여
이놈 저놈 찾느라
하루해 허기져 온다

그대가 꽃을 피우면

노란 꽃대가 밀려오는 건
이젠 참을 수 없는
그대의 뜨거운 열꽃이거늘

내 마음은 아직도
주저리 주저리
방황하고 떨리기만 하는지

그대가 토하는
바알간 가슴은
그대만 달군
용광로이겠는가

따스한 온기 거들어
꽃피우기엔
너무나 원망스러워
불꽃이라도 날려줬으면

이제 그대가 피우는 꽃은
시작에 불과한 것을

여인숙방 쥐 오줌 공상

박가월

- 1954년 충남 연기 출생
- 문학세계 등단
- 스토리문학관 동인
- 한국문학작가연합 회원
- 다시올문학 기획이사
- 서울대학교 문예회 활동
- 시집 『황진이도 아닌 것이』

여인숙방 쥐 오줌 공상

연락선도 끊긴 부둣가 거리
낯선 땅에 맞이한 하룻밤
갈 곳이 없어 일찍 누운 방에
어수선하게 잠을 청하며
바라본 천장은 알 수 없는
낯선 섬들이 그려져 있다
저 많은 섬 중 내 갈 곳 있을까
공상에서 터전을 찾는다
숨이 멈출 듯 더덜거리는
벽에 붙은 선풍기 요란스럽다
방 둘을 뚫고 걸친 형광등
옆방에선 끝 줄 모르고
들려오는 이야기 사연도 길다
신경이 곤두서 어설픈데
설친 잠을 새벽에 청하지만
처음 내딛는 미지의 땅에
떼꼰한 눈꺼풀은 아침이 무겁다

동암역

딸년은 동암역 주위에서 논다
말만한 년이 집 앞 주안역을 두고 건듯하면 동암역에 간다
놀 곳이 있을 곳이 그곳뿐인지 찾으면 그 지역에 있다
점찍어 놓은 사내라도 있는 것인지
학교를 가도 그곳에서 출발하고 그곳으로 돌아와 집에 온다
친구와 약속도 그곳을 고집한다
시집도 안 간 것이 고약한 버릇이다
아비보다 좋은 곳인지
어미보다 살맛나는 곳인지
술도 그곳에 있고 애인도 그곳에만 있는지
늦게 귀가하여 델러 가도 그곳으로 간다
찾으려 나설 때도 그곳 주위에서 찾으면 있다
미울 때도 있지만 분명한 것은 한 곳에 안주해 있어 좋다
시집도 그곳으로 갔으면 좋겠다
보고 싶을 때 찾아가면 쉽게 마주칠지니

존재의 기쁨

네 존재가 지금 나의 전부인 거야
지구에 작은 너 하나 없으면 암흑이지
내겐 알맹이 없는 속빈 강정이라고
저속한 삶의 언어가 우리 사랑에
이만큼 가슴에 와 닿는 말도 없지
아무도 침범할 수 없는 내 영역은
네 조종에 의해 움직이는 노예가 됐어
예전엔 삶의 의미를 몰랐다 할게
재미없고 의미 없이 산거라고
이날 이때까지 내 나이를 헛먹은 거야
너를 만나고 느낀 걸 수치로 말하면
내 기쁨 사십 퍼센트를 가지고
백 퍼센트로 알고 산거지 그러니까
사십 퍼센트 기쁨이 기쁨의 전부로 안 거야
이제까지 모르고 산 것이 바보지
기쁨이란 것이 거기까지 뿐이 없고
거기까지를 최선으로 알고 산 거야
너는 내게 있어 백 퍼센트 기쁨이지
너를 알고 새로운 기쁨을 발견한 거라고
잘못 인식하고 산 세월이 억울해

너를 만나지 않았다면 이런 기쁨은
평생 알지 못하고 누리지 못한 거지
이젠 너를 떠나서 살 수 없어 지지배야

새가 사람 말을 듣는다면

인간 표현을 새들이 알 수 있다면
새들은 사람 말을 들으려 주위를 돌고
지구에 새로운 풍습이 도래했으리
사람은 비밀이 새어 나갈까 봐
새들을 농락하지 않으면 죽이고
동물단체 환경단체 시민단체에서는
새들의 보호법을 요구했으리
섣불리 사람끼리 싸우는 일도 없이
인간은 좋은 점만을 행동하고
새들은 인간 사회의 첨병이 되어
파렴치한 사람이 지나가면 알려주고
몰래 다가가 부리로 찍어대리
새들은 곡식을 훔쳐 먹는 대신
감시의 수당으로 모이를 얻어먹으며
인간 감시의 역할을 수행하리라
인간의 본보기가 새로이 재편되고
맑은 사회의 구현이 일찍 찾아왔으리

톡톡 탁탁

양반집 가문의 큰할아버지는
장날에 오랜만에 만난 친구와
술집 청주댁에서 회포를 나눴다
그 소식을 접한 큰할머니는
장에 가면 청주댁에 들러
한잔 잡숫고 오는 게 못마땅한 터에
양반 체모에 식솔들 앞에서
싸울 수도 없어 벼르고 벼르다
겸상에서 바가지를 긁는데
술집도 많은데 하필이면
괴상한 소문이 도는 청주댁이냐고
감정을 토닥토닥 토해내며
조목조목 열거해 따지고 드니
황망한 큰할아버지는
허허, 헛기침으로 일관하다
밥상을 슬그머니 물리고
사랑채로 건너간다
화가 안 풀린 큰할머니는
밤에 은밀히 둘만 사용하던 암호로
건너오라는 신호를 하는데,

담뱃대로 화롯가를 톡톡 치면
큰할아버지는 불편한 심기로
문지방을 탁탁 치며
담연을 카랑카랑 끌어 올리셨다

저무는 강가에서

윤정강

- 1943년 경남 출생
- 문예사조 등단
- 대구시 주최 주부백일장 입상
- 귀천문학상 입상
- 시집 『남겨진 시간을 위하여』, 『바람이 그리움이던 날』

해바라기 그리움

해안을 떠돌던 바람은
여름을 휘돌아 지나며
하늘을 입었다

노오란 해바라기를
그리워하는가

담장 밑에 서 있던
외로움이
미소를 띄우는 것은
울며 떠난 첫 사랑 때문일 게다

하나만 바라보다가
모래 위에 지은 보람이어도

빗나간 거울에 비추어진
금이 간 애처로운
모습이어도

돌이키지 못하는 서러움도
그리움이라면

사랑,
그렇게 도도한가

갯바위에 몸을 던지는
파도보다 더
처절한 몸부림이었다

저무는 강에서

기억의 뒤안을 맴돌며
안개 속으로 건너던 징검다리 위에
따스한 여운 남겨두고
그대, 지금

저무는 날 깊은 강 지나
촐랑촐랑
따라나서던 동구 밖에는
그날의
추억이 지붕 가득 차오르는데
바람으로 데려오는
강 언덕으로
쌀밥 같은 이팝나무꽃 무덤이
추억을 더듬는다

어디쯤 서 있을까
보이지도 않고
잡을 수도 없는 안타까운 물결

깊이 빠져 있을
버거운 육신을 짊어지고

저무는 강에서
돌아오는 바람을 기다리며

깊은 상처 들여놓은 자리에
우는 것보다
웃는 것이 더 힘들다는 것은

황학의 그리움

동정호의 넓은 울음을 배우고 싶어
물살에 던지려 했던
얄궂은 배앓이가
꿈틀거리기 시작을 한다

걸음마다 질퍽이던 이끼가
파란 더께로 날을 세우고
누렇게 칠을 한
황학의 등을 타고
호수의 뒤켠으로 날아갔단다

빗물을 마시며 덩달아 춤을 추며
황학의 등에 올라 탈 것을
짓눌린 그리움이
손을 내밀고 바람이 소곤거리는구나

다리가 길어
하늘이 짧았던가
그리움이 더 길었던가

여산의 구름 속으로 숨어들며

뒤돌아볼 수 없어
토해내는 속울음이
폭포수 되어 하늘에서 떨어지는가

황학을 기다리며
두고 가야 할 허황한 이야기들
차마 놓지 못하고
여산 폭포 물 한 모금 마시며
몹쓸
그리움 한 자락
천년을 떠도는 구름 속에 맡기었다

아침 강에서

새벽 냄새가 진하던 강에는
아직도 흐르는 이야기
살아온 날은 짧은데
담겨진 무수한 물빛의 노래가
반짝일 때마다 가슴은
뜨겁더라

강변을 떠돌던 흔적은
아마
부서진 알갱이로 남아
쌓이지 못하고 그냥
모래알로
떠돌다가 물속에 누웠겠지

흔들리다 잠시 멈추어선 강변에
발아래 떠돌며 흐느끼는 추억이
바람 부는 어느 날
물여울에 합류하여
해후를 꿈꾸는 오류를 범하는 건가

조용히 앉아서 느껴 보는
아침 강에서
공복의 회한에 젖는다

물 위를 걷는 바람

초연하게 밀리는 그늘 안으로
나무는 나무끼리
오롯이 감싸 안으며 바람을 견디고
별 찾아 떠나는 어둠으로
안온하게 조여 오는 숲의 떨림도

뒤돌아볼 수 없는 먼 거리에서
안개 같은 그리움이
홀로
속울음으로 뒤척이는
멍울 덩어리 강물 소리도

저장된 채 뒤엉킨 기억으로
덜컹덜컹
물 위를 걷는 바람인가

옷섶에 묻은 흔적이
입술 위에 앉아 웃는다
빙긋이……

고독 속으로

최해춘

- 경북 경주 출생
- 서정시학 등단
- 시사랑문화인협의회 회원
- 한국문인협회 회원
- 경북, 경주문인협회 회원
- 이메일: choihc09@hanmail.net

소리북으로 걸고

거친 발길로 산길 오르는 나를 꽃들이여, 용서하라
내가 저 높은 산마루 올라서면 그땐
너의 입술에 입맞춤하리라
외로운 산짐승들이
산마루에 걸린 보름달 속으로 풍덩풍덩 몸을 던질 때
아직 어린 짐승들은
제 어미의 젖무덤이 그리워 솜털 같은 울음만
캑캑 내뱉고 있다
나는 무섭다 꽃들이여, 눈먼 산짐승 같은 내가
거친 발로 너의 허리를 걷어차도
잎을 벌리고 더 진한 향기로 나를 감싸다오
나는 죽은 짐승의 허연 뼈를 북채 삼아
보름달 둥둥 소리북으로 걸고 굿판을 벌이려 한다
하늘에 깃든 어둠 긁어내며
부은 발로 산길 오르는 짐승들 그렁한 눈물 닦아주고
외롭게 걸어온 생의 기억을 지우려 한다
그땐 너도 부질없는 꽃잎 떨구고
어린 짐승 주린 배 따스해지도록 붉은 열매를 매달아 다오
내 기꺼이 너의 발밑 한 줌 재가 되려니
꽃들이여, 용서하라 아직은 거친 내 몸짓을 용서하라

왕거미 집을 짓는

둥근 몸집을 가진 왕거미, 레미콘 트럭 새벽 거리를 달린다
몸통을 빙빙 돌리면
거미줄 같은 길들이 쭈욱 허리를 편다
뱃속 가득 싣고 간 레미콘을 공사장에 쏟아 부을 때면
알을 까는 어미 거미 심정이라며
고층 아파트를 제가 슬어 놓은 알집들이라고 한다
도시의 구석구석 대리모처럼 알을 낳고
정작 누구의 알집인지도 모르는 임대아파트에서
아기 거미 키우며 산다는 그의 꿈은
자신의 뱃속 알을 슬어 자신의 거미집 한 채 짓는 일이다
돌리지 않으면 굳어버리는 몸통은
고단한 허리에게 잠시의 휴식도 허락하지 않는다
건물 높이만큼 쑥쑥 자라는 자식들 생각하면 일복도
복이다 싶어 욱신거리는 허리통을
툭, 툭 두드리며 제 몸 달래는 것도 게을리할 수 없다
새벽을 달린 하루 다시 어둠에 젖으면
왕거미 등짐 같은 몸통을 벗고 직립보행에 나선다
레미콘처럼 굳어가던 다리를 펴고
탁발을 마친 탁발승처럼 돌아가는 임대아파트
베란다 거미줄에 달빛 같은 꿈 걸어놓고 노랗게 익혀가고
있다

고독 속으로

나뭇잎 다 떨어진 공원 벤치에 앉아
발밑에서 꼼지락거리는
목도리도마뱀 한 마리를 잡았다
발이 시린 듯 바람을 피해 한쪽 발을 들었다 놓는
깜장콩 같은 눈알이 애처러웠다
사막의 열기와 맞서던 모습은 없고
퇴색된 목도리만 바람에 가랑거리고 있었다
집으로 데려와 사막으로 돌려보낼 궁리를 하며
목도리에 편지를 쓰자
글씨는 자꾸 부서지고 가슴에서 모래알이 쏟아져 나왔다
나는 목도리도마뱀을
가슴에 품어 키우기로 했다
물기 없는 사막을 만들기 위해 조금 더
고독해지기로 했다
가시선인장을 심으려 했는데
벌써 무성하게 가시 돋은 선인장이 살고 있었다
모래 폭풍도 이미 몇 차례 지나간 후였다
목도리도마뱀의 뜨거운 발바닥을 위로하기 위해
검은 커튼을 치고 그늘을 만들었다

그날 밤,
창 밖에서는 가랑잎 구르는 소리가 유난히
바스락거렸다
가슴속 사막을 더 넓혀야 할 것 같다

겨울 바람

산수유꽃 황달로 피는 나의 땅에는 아직
봄이 오지 않았나 보다
꽃으로는 밝힐 수 없는 어둠 내 곁에 눕는다
슬픔을 말하기엔 아쉬운 날들
몸은 자꾸 기울어지며 기댈 곳을 찾는다
목화밭 있던 산비탈 금잔디 고운 무덤 앞에서
아버지의 지게를 지고
나는 서 있다
목화 따던 할머니 바람을 막아서고
나는 할머니 무명치마 자락 잡고 길을 묻는다
산자락에 머물던 겨울바람
마지막 힘 다해 산란을 하면 일찍 핀 봄꽃은
빙벽 아래 무덤을 만든다
아버지의 겨울은
빙벽 위에 위태롭게 걸려 있고 나는 산수유 꽃가지 꺾어
겨울 바람 머물 집 한 채 짓는다

단풍

전화벨이 울렸다
낯선 번호가 슬금슬금 기어 나와
귓불 지그시 깨물며 말초신경을 자극했었다
달콤하였지만 차가운 느낌이었다
누가 볼세라
얼른 외투 깃 올리고 둘러본 들판
진한 립스틱 칠한 입술이 분탕질치고 있었다
벌써 통화 중인 나무들
벌겋게 몸 달아올라 헐렁한 옷 벗고 있었다
단풍 든 나뭇잎 몇 장
겨우 나무들의 아랫도리를 가려주었다
위태롭게 흔들리던 열매들도 툭툭 떨어졌다
그들은 오래 전부터 통화 중이었던 것이다
은밀한 통화를 엿듣는 꽃들
은근히 추파를 던지자
혼선된 전화기에서 들불이 번지기 시작했다
전화기를 꺼야만 했다
아직 단물 덜 든 돌배가 눈에 밟혔지만
배터리를 빼버리자 그대로 얼어붙은 겨울이 왔다

달맞이꽃

윤인환

- 경기도 화성 출생
- 문학사랑 등단
- 문학사랑 정 회원
- 한국문인협회 화성시지부 회원
- 한국문학작가연합 회원
- 이메일: ystar0815@hanmail.net

갈대가 서서 우는 것은

한밤을
울고 울고 울어도
채울 수 없는 허허로움에
빈 들판 서성이며
서걱서걱 갈대가 운다

차라리 텅 빈 하늘이라면
길 잃은 산새의 깃털로도
잠시 채울 수 있으련만
가는 세월을 탓할 수 없어
노을에 기대어 운다

우리가 살아온 삶처럼
앞으로 살아갈 삶처럼
주저앉는 슬픔은
골 깊은 좌절이 되리란 걸 이미 알기에
온몸이 바스러져
허공을 춤추는 티끌이 될지라도
갈대는 왼종일 서서만 운다

결코
울어도 울어도 바보처럼 주저앉아 울지 않는다

달맞이꽃

내세(來世)를 기약 못한 원죄로
억겁(億劫)의 세월 돌아오시려나
바람 타고 오시려나
구름 따라 오시려나

허허로움에
바스러진 별빛 속
긴 허리 곧추세워 한밤을 서성여도
무심한 바람만 지나가고
귀뚜라미도 곤한 잠에 취했다

숙명처럼 깊어 가는 건
햇살에 사그랑이 될 노란 그리움이다
청정 만월의 사랑을
목 놓아 기다리는
서러운 가을의 사랑빛이다

길을 걸으라 길 위에 서 보라

그대 허전할 때 길을 걸으라
왼발 오른발 옮길 때마다
어디든 따라오는 정겨운 발자국 소리 들릴지니
귀 기울여 보라
토닥토닥 따라오는 소리 그대의 영혼일 수 있으니
가슴에 그 소리 감싸 안고 걸으라
따스함을 느껴 보라

그대 짜증날 때 길 위에 서 보라
터벅터벅 걸어가다 그냥 서 보라
스치는 바람들
발아래 들풀들
그대 쳐다보며 환히 웃으리니
잊었던 그대 얼굴일 수 있으리니
세파에 잃었던 마음일 수 있으리니
생긋 웃는 그 모습 가슴에 담아서 가라

그대 그리울 때 길 위를 보라
파란 하늘 아니어도
힘찬 날개 없어도
창대한 세계 어디든 날아갈 수 있으리니

날마다 꿈꾸던 그대 이상일 수 있으리니
맑은 눈동자에 담아서 가라
아무도 눈치 채지 못하게
아무도 볼 수 없게
그대의 깊고 깊은 기억 방에 조용히 데리고 가라

길을 걷는다는 건
그대 마른 삶의 허무를 버리는 희망찬 새날의 출발이요
길은 그대의 말없는 스승이요 친구가 되리니
흙 냄새 일렁이는 들판길 따라
성성히 불어오는 바람길 따라
길을 걸으라
주저 없이 길 위에 서 보라

가을은

굳이
말하지 않아도 안다

청춘의 허무를 애써 붙잡느니
차라리
새벽 찬 서리에 붉게 물들어버릴 줄 안다

예정된 헤어짐이
얼마나 슬픈 일인 줄 알지만
제 한몸 훌훌 떠남으로 인하여
고뇌로 야위던 이별도 새 삶을 살 수 있음을 안다

소유하지 않아도
정말로 소중한 것이 무엇인지 안다
그것은
빈 들판인 듯 허허로운 마음속에
풍경소리 되어 귓전에 남는 일
아침 햇살처럼 서로의 가슴속에 따뜻함으로 남는 일
어둠 속에서도 느낌으로 남는 일
까칠한 세상이어도
그것이 얼마나 아름다운 향기인 줄

그것이 얼마나 고귀한 결실인 줄

가을은
굳이 말하지 않아도 안다

삶 2

사랑한다, 안 한다

만나고 헤어지는 일상 속에서
아무렇지 않은 듯 숲속 나무인 듯 서 있다가
진달래 꽃잎인 양 가슴속 진액을 다 토해내고
버티다 버텨보다 끝내 울음을 터트리며
먼 산자락을 휘도는
구름 한 점으로 한 가닥 위안을 삼아야 하니
같이 웃고 떠들던 정다운 사람들을
하나 둘 떠나보내면서도
아무렇지 않은 듯 끼니때 맞춰 밥숟가락에 반찬을 올려놓는 일상이
얼마나 웃기고 웃기는 퍼포먼스더냐
삶이란
이별을 데불고 사는 사랑처럼 얼마나 슬픈 것이더냐
오뉴월 땡볕의 반란이 스며든 익모초즙
바로 그 맛을 닮은 것이 우리네 삶이 아니더냐
운다
웃는다
운다

영원의 약속

류준열

- 수필가
- 작품집 『무명 그림자』(2003, 2007)
- 경남 합천중학교 교감

관(觀) 82
─영원의 약속

고풍 건물 사이 좁디좁은 길 따라서 사랑의 묘약(妙藥) 대신 독약을, 사랑의 황홀한 화살 대신 날카로운 비수(匕首) 한 자루 안고, 현세의 갈구(渴求) 깃든 온갖 모양의 빽빽한 글씨 화려하게 채색된 줄리엣 집 벽 세계 곳곳 문자 전시장 그 안으로 들어가다. 뜨겁고 감미로우며, 슬프고 고통스러운 다양한 얼굴 지닌 '사랑' 이라는 낱말 하나 떠올리며

사랑은 한순간 태우고 지나가는 불길 같은 것, 사랑은 감미롭게 왔다가 스산하게 지나가는 바람 같은 것, 사랑은 사람들 가슴마다 흐르는 물결 같은 것.

수많은 가슴 메이게 한 흔적 어디론지 흘러가버리고, 오직 달콤한 밀어(密語) 나누던 베란다 맞은편 벽에는 무성한 담쟁이넝쿨만 팔랑거리며, 정원 한 구석 수목 그늘 삼아 반라(半裸)의 여인상 홀로 가슴 꽃 드러낸 채 수많은 사람의 시선 받으며 서 있다.

사랑은 눈으로 들어와 입에서 자라 가슴으로 내려가 꽃을 피우나 보다. 자신의 손으로 움켜쥔 비수 꽂혔던 왼쪽 가슴보다 오른쪽 가슴에서 더 아름다운 꽃을 피우는가 보다. 수천만 남녀 손길 만져지고 쓰다듬어진 오른쪽 가슴 황금빛 꽃으로 반질거리며 빛나고 있으니 말이다.

나는 그녀의 팔목 아래 왼쪽 가슴 꽃 계면쩍게 쓰다듬으며,
현세나 내세의 영원한 사랑 위해 기꺼이 가슴에 품은 비수 끝
상처 더듬어 보다. 많은 사람들 시선 앞에서

* 이태리 베르나 시 '줄리엣의 생가' 라고 전해지는 곳에서(2007. 07. 29)

관(觀) 84
―폼페이 석양(夕陽)

화산재 걷어내고 옛 면모 웅장하게 드러낸 고도(古都) 폼페
이* 거리 석양을 마주하며 거닐다.

오늘 폼페이에서 내 발걸음 바로 아래 깊은 땅속 액체 불덩
어리 이글거리며 용솟음 치고 있다는 알음알이 체감(體感)하
며, 불덩어리 액체 둘러싼 요동하며 떠다니는 땅거죽을 밟으
며 걷다. 큰 길과 소로(小路) 따라서 귀족들이 산 화려한 건물
과 평민이 산 소박한 집, 인간이 만든 신전(神殿) 사이로.

빵 만들었던 집, 호화로운 목욕탕, 정원과 분수, 갖가지 살림
살이, 이슥하게 어둔 밤 찾아가던 홍등가(紅燈街), 애처로운
자세로 굳어진 숱한 인간 화석(化石), 벽화와 조각들, 이천 년
전 과거의 부귀와 영화(榮華) 흔적 앞에서 깊이 묻혔던 세월
날카롭게 파고들며, 발길 앞 툭툭 채이며 부딪히고 있다.

석양빛 비치는 폼페이 길 어지름으로 돌고 있다. 내 무거운
걸음걸이가 도는 것이 아니라 땅이나 길, 빛바랜 건물이 돌고
있다. 시간과 공간, 인간이 만들고 숭배하고 찬양한 신과 신전
가리지 않고

붉게 용솟음치는 자연 앞에서, 찾아드는 죽음 앞에서, 살아
가야만 하는 삶의 욕심 앞에서, 지상에 존재하는 모든 것 빈부
(貧富) 귀천(貴賤) 가리지 않고 오직 평등한, 삶은 다 그렇고
그런 것임을 폼페이는 침묵으로 말하고 있다.

홍등가(紅燈街) 천장 춘화도(春畵圖) 인간의 과거 현재 미래
꿰뚫으며 부끄럼 없이 내려다보고 있다.

* 폼페이는 서기 79년 8월 베수비오 화산의 대폭발로 화산재가 시가지를 덮
어 땅속에 묻혀 있다가 16세기 말부터 소규모 발굴이 시작되고 1748년부터 본
격 발굴에 착수하여 지금은 옛 시가의 거의 절반 정도가 발굴되었음.

달도 보름 지난 달이

김영철

- 시사문단 신인상
- 시사문단 등단
- 한국문학작가연합회 회원

우음도

여보게,
우음도에 갔더니
소 대신 하늘에서
비행기가 울고 다니데

소는 어디 있느냐고
다 어디로 간 거냐고

파아란 하늘에서
발갛게 해 지는 노을까지
종일 울고 다니데

오늘은 바람과 함께
없는 소를 찾다가
나도 울고 말았네

음머 음머~ 하며는
바람이 자꾸 엄마~ 엄마~ 그래

초록바다 변해서
띠 풀이랑 칠면초로 덮인 들판에
내일도 갈라네, 소는 없어도

우리

살아가면서
서로 선을 긋는
무슨 경계가 필요할까

세상에
모질지 못한
우리에겐

이른 아침이면
이슬에 젖는
풀잎 매듭 약속뿐

다른 세월

세상살이는
남보다 더디 하는데
인생살이는
남보다 빨리 가네

하여,

인생살이는
끝났는데
세상살이
아직 남았네

희망

그리다 보면
화폭엔 어느새
지워지고 없는 희망

그래도
늘
희망만을 그린다

절망에서는
싹이
트지 않으므로

오늘도 먼 길 돌아
손에 쥔 건 땀이 밴 백지
내일이면 다시 희망을 그리게 될……

달도 보름 지난 달이

햐~ 조것이
조것이 나를 홀렸어
달도 보름 지난 달
찌그러진 달이 나를 홀렸어

엄마 잠시 자릴 비워
혼자 집 지키는 딸 생각에
좋은 친구 만나 한 잔 술도
일찍 끝내고 기분 좋은 밤

햐~ 조것이
조것이 나를 홀렸어
잎도 다 지고 앙상한 가지
가지에 걸린 달

내 입엔 한 입이지만
내 입에 넣으려 사 본 적 없는
조각 케익 사들고
한껏 의기양양했는데

조것이 조것이
나를 홀려버렸어
앞으로 가면 나뭇가지에 걸리고
뒤로 물러서면 허공중천 뜨는 달

입에 넣기도 전에
눈빛에 녹을 조각 케잌
가벼운 걸 무겁게 들고
집으로 향하는데

햐~ 조것이
조것이 나를 홀려버렸어
좋은 친구 만난 것도 잊고
선물에 기뻐할 딸내미도 잊게 했어

삼도봉 오르는 길

여규용

- 문예사조 등단
- 충남문인협회 회원
- 글벗문학회 회장
- 한국문학작가연합 회장(전)
- 대전일보 한밭춘추 필진(전)

나의 삶 바람의 삶

한자리에 머물지 못하는 바람
늘어진 버드나무가지를 흔들고 간다
어디로 가는지 묻지도 않는다
어차피 물어도 대답이 없을 것을 아는지

내게 세월도 그랬다
작은 손으로 밥숟가락 들 때부터
지금까지
어떻게 살 거냐고 묻지도 않았다
어차피 그렇게 살지도 못할 것 같아서

지금은 내일도 모르고 산다
마음은 이미 저만치 달아나버렸는지
허허로운 가슴은 세월이 흘린 땀으로 젖고
이제야 그것이
인생이라는 것을 알았다

파란 개구리밥 속에는

나

한자리에 머물지 못하는
바람처럼
언제나 기다림도 없는
구름처럼
흘러가는 시간을 붙들어 둘 용기도 없는

무수동 우렁이 농장
파란 개구리밥 속에는
옹기종기 커가는 사랑
잠시 부는 바람에 미동도 없다
그래야지 그럼

6월의 장미

담장 위
작은 틈새도 없이
빨간 6월의 장미가 피었다
저절로 머무는 눈길

붓으로 붉은 물감을 듬뿍 찍어
담장에 뿌린 듯 점점이 박힌 선홍색
6월의 빨간 장미
하지만 덩굴에 숨은 가시는 보지 못한다

슬며시 몇 송이 꺾어
물병에 꽂아 두고는
아침 저녁으로 물끄러미 바라본다
잊은 듯 생각나는 서러움
붉은 장미꽃 닮았는지
가시에 찔린 것처럼 아파온다

6월의 장미
넌 내게 슬픔이다
이유는 없다

삼도봉 오르는 길

물한계곡 바람 소리는 파도 소리를 닮았다
흔들리는 나뭇가지도 없는데
바람 소리는 계곡을 내달려 내려간다
파도 소리로
폭포 소리로
무엇이 그리 급한 것일까

하얀 눈 쌓인 길은
날카로운 매의 발톱인가
아이젠에 찍히고 할퀸 자리가
벌겋게 덧났는지
녹아내린 진흙길엔
뼈만 남은 낙엽 몇 장이
오래된 반창고처럼 붙어 있다

하늘엔 구름이 가고
계곡엔 아파 우는 바람이 가고
내 맘속에는
싸늘한 그리움이 간다

조치원역의 노숙자들

수많은 사람들이 서성인다
누군가 만들어 놓은 작은 통로
종종걸음으로
먼 눈길 주고받으며
스치고 지나간다
시간도 그렇고
하루가 그렇고
계절이 그렇다

작은 인연들 누군가 만들어 놓은
볼품없는 인테리어
지친 영혼들 가로등 불빛 아래
쓰러져 잠이 든다
왜
이 모양인가
저 가엾은 영혼
또 하루를 술기운을 이불 삼아 어제를 잊는다

무관심
싸늘한 밤하늘을 떠도는
영혼들은 누가 만들었는가

누가 그들에게 따스한 손을 내밀어 줄 것인가
만남과 헤어짐의 작은 인연들
동전 한 닢에 찌그러든 슬픈 세상
한꺼번에 쓸어줄
소나기는 언제나 올려는가

벼랑 끝에서

김선옥

- 한맥문학 등단
- 한국문인협회 회원
- 한민족작가연합회 회원
- 천상병문학제 추진위원장
- 법무법인 부산동부 변호사
- 시집 『플라타너스의 일기』, 『노을 지는 강가에서』
  『빈 가지에 걸린 달』

산수유꽃

지리산의 봄은 산자락 차가운 나목들 사이로
산수유 꽃망울이 터지면서 온다
촌부처럼 수수한 그래서 더 가슴 흔드는
앙증맞은 꽃들 무리 무리가 구름처럼 한데 얽혀
우르르 투욱 툭 가슴을 열어 제친다

칡넝쿨 속에 바위틈서리에 아니면 그냥 맨땅에
이제는 한 줌 흙이 된 파르티잔 애혼들이
노란 수액으로 빨려들어 피운 꽃들이
우우 함성을 내지르며 온 산자락을 덮었다

겨우내 앓아누운 산사 스님 누렇게 뜬 얼굴이
노란 열꽃으로 피워 부스스한 웃음 흘려낸다
깡마른 등걸에 검버섯이 온통으로 돋아나도
깊숙한 가슴속 용광로처럼 들끓는 열정
주체 못해 울컥 울컥 토해 놓는 노란 피, 피

그 꽃그늘에 앉아 아련한 옛날 그리움 불씨를
살려내어 짐짓 가슴에 부질없는 칼질을 한다
아니지, 가버린 그때 봄이 아무리 서럽더라도
산수유꽃 함께 오는 봄 그 꽃 닮은 사랑을 해야지
산수유 꽃무리 속 직박구리가 사랑 노래 부른다
꽃샘바람에 깃든 산수유꽃 냄새 아 그리운 향기

적상산(赤裳山)의 가을

온 산에 불이 붙어 맹렬히
타오르고 있다
사방으로 번져 가는 불길
산 바위도 불길에
툭툭 소리내며 열을 뿜는다
솔가지로 불 끄는 여인네
치마에 불이 옮겨 붙어
흰 살결이 붉게 그을렸다
적상산 산성도, 안국사도
사고지(史庫地)도, 산정호수도
불길 속에 휩싸였다
빨갛고 노랗다 못해 푸르다
적상산은 그예 가슴 쥐어짜
긴 한숨을 토해낸다
갈바람이 덕유산 계곡까지
화염을 몰아 치닫는다

벼랑 끝에서

거북 등처럼 갈라진 들판에
쏟아지는 한여름 무더위가
싱싱한 생명들을
시들시들 쇠멸의 벼랑으로
몰아간다

검은 구름들이 무서운 가속으로
한 곳으로 떼몰려간다
사나운 메기 태풍에
가로수 몸뚱이가 잘려 나가고
쇠잔해 가는 숱한 생명들이
죽음의 벼랑 끝에서 떨고 있다

우지직 찰나의 번개가
하늘을 조각낸다
우르릉 탕탕 뇌성벽력이
교만하게 솟은 나의 미루나무를
때려눕힌다

죄악투성이인 초라한 내가
아슬아슬한 벼랑 끝에서

맹렬한 하늘의 분노에 절망한다
헛되게 산 내 삶이
통쾌하게 허물어지고 있다

학사 주점

네카르 강변 따라 늘어선
중세풍의 건물들
그 사이로 난 돌길을
인파에 섞여 걷는다

빨간 지붕을 인 집들
예쁜 꽃들로 장식된 창문틀
영화 황태자의 첫사랑
배경이 되었던 풍경들

그 거리의 학사 주점 안
붉은 제복에 붉은 모자를 쓴
하이델베르크 대학생들
정열 함께 깊은 허무를 담은
커다란 맥주잔 연신 비우며
거칠게 담론을 한다
취하여 쓰러질 때까지

칸트 헤겔 야스퍼스가
괴테 실러 하이네가
여기서 저렇게 맥주를 마시며

장밋빛 꿈과 회색빛 인생을
논하고 시를 읊었다

벽들엔 그 누군가가 내갈긴
낙서들로 빼곡 찼다
여기서 독일의 철학이 문학이
맥주처럼 부풀러 올랐다
네카르 강처럼 도도히 흘렀다

황태자의 거리를 따라
강물처럼 흐르는 인파들
기사의 집, 성령 교회
마르크리트 광장, 학생 감옥
역사의 유적들을 더듬는다

싸리꽃

폭우가 쏟아지는 길을
우산 쓰고 걸으면서
그 아주 옛날 어렸을 적
앞산에 올라
홍자색 싸리 꽃가지 꺾어
화관을 만들어 씌워준
순이가 문득 생각남은

그녀가 지금쯤 어디에
살고 있을까
나처럼 황혼 인생일 텐데
하지만
어렸을 때 그녀 얼굴만
웃으며 다가오는 것은

싸리꽃 같은 그녀에게서
풍겨나던 싸리꽃 향내가
가슴 깊은 곳에 녹아
50년 묵은 화주(花酒)가 되어
이제야 나를
취하게 한 때문일 게야

할매와 참새

강희창

- 옥로문학, 한맥문학 등단
- 한국공무원문학협회 회원
- 한맥문학가협회 회원
- 한국고속도로 30年史 편찬
- 현재 한국도로공사 근무

경계선에서

눈 가는 데는 어디고 경계선뿐이다
살면서 언제나 경계하던 경계선,
한때는 하늘땅을 오르내리며
줄을 넘던 발랄한 시절이 있긴 있었다
금만 밟아도 죽는다는 것이 공평했던 시절,
지금은 줄넘기가 그려낸 둥근 테두리는
세상을 나누는 분할선이 되어 있다
산다는 것은 어딘가를 넘어가는 것이어서
그런 선투성이의 땅에 짱돌로 박혀 살다
차라리 머춤히 가로 뉜 벽수로 나뒹굴다
까무러치며 넘나들기를 몇 번이었을까
고무줄같이 질긴 하자(瑕疵)의 명줄, 맨 끝에서
튕겨지는 원심력, 그것은 고통이랄 수도 없다
사선(死線)에 서 보지 않은 사람은 모른다
선을 넘는다는 것이 얼마나 불가항력인가를
구르거나 기어서는 넘을 수 없고 더구나 혼자서야……
던져준 동전 한 닢을 지렁이 몸으로 디디는 이 극한,
허공 자체가 벽이 되어 꿈마다 날개 퍼덕이다
아예 칭칭 동여매고 엎디어 버티는 것은
그 경계를 넘을 팔다리 한쪽도 없다는 거다

농우(農牛)

공동묘지서 집까지는 꽤나 먼 편이다
말뚝부터 펼친 하루치의 원을
멍에인 듯 지거나 끌거나 갈거나
우직하게 침묵하며 걸어가는 참이다
저무는 날의 고삐를 쥐고 슬며시
돌아보면 거기 길이 있었다
어둠 속에서도 차분히 밟히는 또렷한 길

한번쯤은 흐트러질 법도 한데
흔들리다가도 다시 자리하는 무게 중심
슬픔 다독이는 코뚜레에 선한 매무새지만
호되게 밟히거나 채어 보면 깨닫는 어른 됨
다 주고 홀연 터전을 등짐은 얼마나 허허로우랴
차라리 나는 멀찍이 줄 쥐고 따르던 장님이었다

풀 뜯기고 외양간에 들여 매 놓은 저녁께
무심히 들여다본 그 커다란 눈망울 속,
허리 두드리며 들어앉으신
아·버·지

할매와 참새

논길을 홀로 가는 꼬부랑 할매
걷다가는 쉬고
쉬다가는 걷고
보일 듯 말 듯
안쓰러워 벼이삭 흔들며
남풍이 따라갑니다
허리 펴고 쉴 때마다 낟가리 위로
불쑥 올라오는 허수아비 얼굴
햇볕이 따끔따끔 쏟아집니다

볼록한 가슴을 빗질하던 참새
온몸을 털며 진저리 칩니다
물끄러미 보다가
갸우뚱 갸우뚱
골똘히 생각에 잠깁니다
멍하니 딴 생각도 해 보다가
다시 할매 얼굴 쑥 내밀자
퍼뜩 떠올리는 원래 생각
미루나무 잎이 일제히 떠듭니다

소금밭에서

세상에서 떠날 것은 모두 떠난다
하지만 떠난 것들의 바램은 요지부동이다
모진 날들을 녹여 각을 세우는 것이야
스스로를 빚는 일일진대 거듭 산다는 것은
흔들리던 기억들조차 아예 떨쳐버리고
까마득 잊힌 나의 결정을 찾아가는 일이다
결정 전부를 던질 때 비로소 이뤄지는 바램
땀으로 온몸을 적시면 소낙비는 두렵지 않다
바람이 내 나이를 읽고 가는 소금밭에서
나약해진 뿌리를 파다 찾아낸 육면 처방전
신성하게 내린 이름을 더럽히지 않기 위해
긴히 간직해야 할 것은 짜게 절일 일
잡것을 멀리하며 다시는 물렁해지지 말 것

네로의 방화

답답한 가슴마다 불을 지르고 싶었던 거다
핏발 선 사람의 눈이 바로 불의 심지다
이 도시를 태울 만한 휘황한 불 말이다
방화범이 누구라는 소문보다 더 속히 번지는 불
잘잘못 가릴 것 없이 욕망으로 이글거린다
타라 모두 깨어 있어 함께 불타올라라
빛나던 명예쯤은 머리카락 사르듯 오그라들고
견고했던 철학 나부랭이는 눌어 쭈그러든다
처진 영혼들은 쉬 검은 영역으로 빨려들고……
누구였을까 그에게 살짝 보여준 인화포인트
가슴 가슴에 품은 잉걸불이 영감으로 번뜩이다
밤의 비호를 받으며 도시는 지금 타오르고 있다
네로가 불을 지른 이후로 내내 그러하였다
멀찌감치 서서 불타는 밤을 지그시 내려다보라
우리가 왜 불나방이인지를 알게 된다
냅다 화염 속으로 곤두박질치고픈 나방이
불을 삼키고 죽은 네로는 불나방이었다
어쩌랴 우리에게 불씨처럼 살아 있나니

불당에 핀 해어화

고상돈

- 충북 보은 회북면 출생
- 문예사조 등단
- 한국문학작가연합 회원

흔들리고 싶을 때

술을 마시고
술에 취하면
작은 바람에도
흔들릴 줄 아는 갈대처럼
흔들릴 수 있다기에
투명한 이슬처럼
맑은 술 한 병을 더 비우고
어둠이 깊고 깊어 짙어진 밤길을
이리저리 흔들흔들
이리저리 비틀비틀
붉디붉은 열꽃 온몸에 돋구우고
가노라
맴맴맴, 맴돌고 돌아
저기 저곳으로
나만의 날 위한 나의 시 읊조리며
짙푸른 어둠 속을 가노라

불당에 핀 해어화(解語花)

향내음 배어나는 불당 단상 위로
연화대 올라앉으신 자비론 부처님
연화대 일체되어 번쩍이는 황금빛인데
부처님 받들어 모셔 일체된 연꽃보다
단하(壇下) 마룻바닥에 깊이 조아리며
백팔 배 공양 올리는 보살님 모습이
당 현종이 연꽃의 아름다움보다
말을 알아듣는 꽃인 양귀비가 더 곱다던
해어화였듯이 불당에 핀 해어화였으니
불법의 가르침이 연꽃을 이르기를
더러운 연못 속 진흙탕에 뿌릴 두었으나
곧은 대 뽑아 올려 수면 위로 꽃피운 바
깨끗한 불성의 꽃이라 비유한다지만
연화대 또한 말없고 귀먹은 연꽃이라
불당에 이끌어 삼배를 권하는 바
불당에 핀 해어화 참 곱더라

아름다이 누려라

생각은 생각하는 만큼
넓어지고 깊어지며
그릇은 무엇을 담을 것이냐에 따라
그 크기를 달리하여 만들어지나니
소년, 소녀들이여!
가슴을 열어 생각을 깨우고
깨어난 생각 속에 각성한 자아로
아름다운 세상을 누릴 그릇을 빚어라
세상은 더없이 아름답고
누리고 나눌만 하나니

아린 그리움

그리워 말아얄 걸
그리워하는 아픔 있기에
해맑은 계류 물처럼
맑디맑게 비워내려 해도
물이끼 미끈댐처럼
그리움 속에 미끄러지네

그리워 말아얄 걸
그리워하는 아픔 있기에
하늘이 하얗든 푸르든 잿빛이든
바람 따라 갈대 대공 춤추었듯
그립디 그리워 그려가는
심필(心筆) 놀림 멈출 수 없네

절망이란 없다

꽃 벙그러진 그늘 아래
운수 사나운 봄날도 있으려니
절망하지 말자
세상은 너무나 아름답고
숨 쉬는 공기 아직 청량하나니
한숨 깊이 내쉬어 텅 빈 가슴 깊숙이
향긋한 봄꽃 향 그득 채워 담자

담아 들인 향기가
세파에 찌든 가슴속에서
이내 오염되어 구린내 나거든
더러운 걸레도 빨고 또 빨면
책장 위 퀴퀴한 먼지쯤 훔칠 수 있듯이
한 치 주저 없이 내뱉어 버리고
향긋한 봄꽃 향 그득 채워 담자

이렇게 희석되는 속에서도
혹여 아픔이 있다면
아픔 속에 맞아지는 봄 향기로 위안을 삼고
과거 속 집착의 고리는 훌훌 털어

따사한 봄볕에 유영하는 꽃비로 날려서
세상 어느 한구석 그늘 속에서
아픈 이를 인도하는 길잡이 되자

베를린 천사의 詩

이명렬

- 1966년 출생
- 시와수필마당 등단
- 보습학원 운영
- 전 시사랑 회원
- 한국문학작가연합 회원

베를린 천사의 詩

검게 죽은 하늘 푸르러도 좋다
하늘이 가려 생긴 그림자는 어디에도 있으니
땅 위에 솟은 지하철 역을 오르는 계단의 구석
인적이 드문 곳에 선 소녀
담배를 꼬나물고 지친 삶을 넋두리하다
일곱 살의 나이로 벌써 몸을 파는 법을 터득한
소녀는 잠시 피곤한 몸을 담배로
위로하며 몸은 시멘트 위에 기대고 서 있다나
작아지는 담배 살아지는 담배
다시 몸을 팔아야 하는 치욕의 시간
소녀는 몸을 굽히고 지나가는 누군가에게
손을 내민다 더러 떨어지는 동전
지폐는 항상 푸드득 손 위에서 날고

놀이터 위에 아직 죽어가고 있는 하늘만 있고
21세기에는 아무도 놀이터로 놀러 나오지 않는다나
피곤을 쉬라 만들어 놓았을 벤치에 앉아
소년은 그윽한 눈으로 소녀를 본다
네 나이 곱절이 되어지면
너는 詩를 만나 詩를 낳게 될 거야
아홉 달이나 열 달쯤 몸으로 詩를 키워내

詩를 보게 될 것이야
소년은 먼지 묻은 손으로 소녀의 음부를 쓰다듬었다
곱절의 나이가 되면
詩가 스며들어 詩를 품게 되어질 그녀의
출구를 익숙한 손으로 쓰다듬는다
단지 기다리기만 하면 돼   .

오빠, 詩가 가슴에 담겼는가 봐
가슴이 뭉클거리고 솟으려 하는 것을 보니
아니다, 그것은 네 꿈이 크기 때문이라더라
네 나이 곱절이 되어야 한다더라
소녀는 질끔 눈만 감았다

베를린 천사에게는 날개가 없다
베를린은 여기에서 너무나 멀다
성수역에는 지하철이 웃기게도
땅 위로 지나가고 놀이터는 비어 있다
소녀는 날개를 달고 꿈을 꾼다
음부 위로 스멀스멀 기어가는 오빠의 손길을 따라

블루스(Blues)

그는 언덕을 걸어 올랐다
슬픔과 멀어지기 위한 발걸음을
아마도 삶의 무게가 그의 발걸음을
조금은 더디게 하였겠지
슬픔 아닌 것들이 언덕 위에는 있으리라
여기며, 기꺼이 넘어지기를 거듭하면서
더 이상 오를 수가 없었다
걸음을 멈추게 한 것은 삶을 함께 따라온
수많은 사람들의 거친 눈동자였다
그의 더딘 걸음을 지켜보고 서 있는
사람들, 그들은 왜 움직이지 않는 것인지
그렇게 블루스가 흐른다

그들은 그가 다시 언덕을 내려가기를 희망하였고
기꺼이 그는 십자가를 벗어던지고
전혀 가벼워지지 않은 어쩌면 더 무거워진 걸음으로
걸어 내려왔다 그들이 원하고 있었으므로

한 걸음 그렇게 다른 또 한 걸음

붉어진 십자가들의 행렬이 길게 그를 따라 내려온다

고독으로 빛을 내는 밤 나도 그에게 단지 하나의 붉은 십자
가려니
  삼만 오천 원쯤 하는 십자가려니
  느닷없이 여행을 다녀왔어요 하면서 건네준 십자가가
  목에 걸려 춤을 추고 있다 블루스는 그렇게 흐르고
  쓰러져버린 그는 눈마저 내어주고
  피를 흘리고 있었다 사람들은 눈물이라고 한다
  그 피를

  그렇게 사라져버린 그를
  과거 어느 술집에서 만났었으니
  그와 함께 한잔의 쓴 소주와
  독한 담배 하나를 나누어 피고
  그는 잘 있으라 일어나며 술집을 나갔다
  허름한 술집만큼이나 녹슬어 있는 스피커에서
  쓸쓸한 세월을 잊겠노라는 블루스가 흘러나왔고
  목에 걸었던 십자가를 슬며시 탁자 위에 올려놓고
  빠져나왔다 그녀를 혼자 남겨놓고
  블루스가 그녀를 대신 위로하겠지
  위로하겠지 하면서

3414호 지하철

3414호 열차를 타고 종로를 지났다
이것에조차 붙어 있는 이름에 눈물이 난다
잠시라도 한 운명을 타고 모두 종로를 지난다
세월을 함께 거슬러 내리는 사람들의 뒷모습
아아, 나와 헤어졌구나
이렇게 또 어느 계절을 함께 했었겠지만,
그때도 지금처럼 헤어졌었겠지
그들은 어쩌면 내 세월 어느 곳에 붙어 있던
나는 보지 못하는 조그마한 이름을 보았을는지도
그리고 무심코 불렀는지도, 내가 졸고 있던 사이에서
네온이 미친 듯이 날뛰는 붉은 십자가를 닮은
작은 십자가 여인의 쇄골 사이에서 춤을 추는 겐지
도망가겠다고, 날뛰고 있는 겐지
몹시도 바쁘게 흔들리는 지하철과 함께 흔들린다
붉은 십자가, 길거리 붉은 등이 빛나는 정육점에도
같은 빛이 스며들어 있고, 그곳에는 천국 대신 살덩이들이
죽은 살덩어리들에게는 모두 숫자가 붙어 있었고,
그들에게도 이름이 있었다, 그러고 보니
길을 잃고 헤매었던 청량리 골목길에서 당황했던 중학생은
붉은 등 아래, 질겅질겅 씹고 있는 그들의 한숨 속에서 길을
잃었다

붉은 살덩어리, 이상하게도 그들에게는 이름이 없었다
매처럼 날카롭던 그들의 눈이 무섭게 노려보았고,
삶의 발톱처럼 손톱에서는 피가 물들어 있었다
곁에는 배추들의 각질이 쌓여 냄새를 피우고 있었고
요상한 냄새 취하도록 마시다가 붉은 살덩이를 볼에 달았다
종로를 지났다, 세월은 지금 어디를 지났을는지
흔들리는 지하철 안에는 모두 함께 잠시겠지만
한 운명을 가고 있는 사람들이 모두 흔들리고 있다
마침 귀에 꼽은 이어폰에서는 '비명' 이라는 곡이 흘렀다
내게 소리치라는 듯이 협박하는 노래에
두 손 들고 소리치고 싶은데, 흔들거리는 지하철에서
흔들리는 지하철에서……
눈에서 비명 대신으로 질끔 눈물 한 방울이 떨어지더라

은유의 지하철을 타고

링겔의 주사 바늘 끝이 여린 살을 뚫고
피가 지나는 길 따라 지하철이 흐르고 있어
지하철은 그 자체로 은유라서 하늘을 날고
지하철 안엔 수없이 많은 은유들이 숨죽여 졸고 있는데
저 여자의 검은 마스카라는 쭉 뻗은 눈썹의 은유라지
독을 발라놓은 듯한 아가씨의 탐스러운 입술에는
겹겹이 갑옷처럼 그녀를 야릇하게 보호하고 있고
아마도 밝은 빨강의 맛이 스며들겠지만,
이름도 모르는 걸
여자들과 남자들이 한 방 안에서 잠을 자는데
만리장성을 쌓으려나 이제 막 해가 저물어가는

시간에, 이르지 않은가? 아직은
여자의 가슴에선 갑갑한 듯 브레지어가 찢어지려 하고,
지나가는 남자의 몸에선 껄렁거리는 것이
껄렁껄렁 춤을 추며 흔들리고 있는데
브레지어 같은 것이 필요해, 꼭 조여 담아 둘 수 있는
피를 따라 지나가는 길이 항상 덜컹덜컹 흔들리는 것은
오히려 자연스러워 유일하게 은유를 벗어나 있는 직설이
아닐런지, 손잡이가 흔들리고
껄렁한 게 흔들리고 가슴마저 흔들리는데

어찌 마음이 흔들리지 아니하겠나
지하철이 그렇게 보여주고 있었지, 아닌 척 꼭꼭 은유로
숨어버린 얼굴들에게

솜사탕이 쌉싸름하게 혀에서 녹아 흘러 목으로
넘어가는데, 이건 솜사탕이 아니야 아직 하늘에 남아 있던
하얀 구름, 구름이 피가 지나가는 길을 따라
링겔의 끝 뾰족한 주사 바늘을 뚫고 몸 밖으로 나왔지
구름은 레몬처럼 신맛만 온 입에 남겨놓고
떠났네, 떠났어 보이지 않아

모기, 밤새 다녀가셨는가?

검은 밤, 살아간다는 이유로 쌓이는 상념만큼이나
어둠이 내려앉은, 달의 그늘에도 주름이 새겨지는
바람도 몽유의 걸음을 따라 나선 시각에
천사, 지상으로 내려오다!
숨결을 따라 다가서는 그들은 내 몸을 뚫고
내게서 검어진 피를 거두어 갔다
새로운 생명을 품어낼 양식이 되어지는 나의 피
보석(保釋)되어지는 내 영혼 검은 구석, 어찌
그만큼 가볍게 되어지지 않으랴
살아간다는 것은 치열한 것이라는 증표를
각인처럼 몸 이곳저곳에 남겨두고
피부는 그 영광 견디지 못하여 붉어지니
가렵다! 부풀어 오르는 영혼의 무게만큼

아릿하게, 간질거리는 붉은 멍 자욱을 바라보며
천사, 다녀감을 본다
그대가 다녀간 자국이려니, 훈장처럼 몸에 단다
밤에 그대와 함께
살짝 다녀갔구나, 심장에 붉은 멍 자욱 근질거렸다

지루한 의자

배용주

- 전남 완도 출생
- 한맥문학 등단
- 민족문학작가회의 회원
- 한국문학작가연합 회원
- 글벗문학회 회원
- 한국기독교작가협회 부회장

훈수

양철지붕을 보며

딸아이가
'바람이 지붕의 치마를 들춘거
천둥이 날벼락을 내려친거' 라고 하자

큰아이는
'도둑고양이가 포식하겠다고 정신없이 쫓는거' 라고 대꾸한다

처음 목수가 지붕에 올랐을 때
고양이가 지붕에 처음 올랐을 때
산과 골이 출렁이는 무늬는 깃들어
가문의 지조로 꽃을 피우고
그분의 향기 가시면
조심스레 발걸음의 무게로 살아난 거라고
훈수를 둔다

아이스크림 다 녹는다

지루한 의자

부산교통 영화여객 하덕정류소 처마 밑에
할아버지 의자에 앉으셨다
먼눈으로 젖은 길 바라보시다
금세 그래그래 한 시절이여, 한 시절
고개를 끄덕이신다
태우시던 담배는
자글거린 입술을 떠나
바닥에 뒹굴고
간간이 오랜 기침을 쏟아내며
쓴 잇몸만 중얼거리신다
다른 의자에 검정 비닐봉지 얹히시고
오지 않는 막차를 기다리신다
한여름을 등에 지고 모로 누운 평상같이,

대전발 영시 오십 분
노랫소리 들으며
빛바랜 털신 코에 비 들이친다

조용한 간격

분노의 내력을 간직한 듯
머리를 전봇대에 조아리고 서 있다
선지빛 고무통에는
구름의 길을 열며
쭈쭈바 봉지가 돛을 달았다
가로수 교차로 벼룩시장 낙엽처럼 쌓여 있고
로또 124회 1등,
나열의 으스스한 숫자가
구멍에서 쏟아져 나온 개미들처럼
또 다른 구멍으로 밀려 사라진다
고정된 명암들이
우울한 하늘 아래
희망 회 수산 642-5221
멈춰버린 간판의 출렁거림 아래
두 남자와 두 여자,
한손을 주머니에 넣고 담배를 피우며
양손을 주머니에 넣고 난간에 기대서며
팔짱을 끼고 긴 머리 날리며
날름거리는 시선을 외면하며 고개를 숙인다
쪼그리고 앉아 뚫어지게 쳐다보는 한 남자
검은 봉지를 모아 잡은 두 손으로

반백의 흘러내린 머리를 쓸어 올리면서도
조용한 간격으로 522-1번 버스 정류장 표지판 아래
한 남자와 두 여자를 그리는데
간격은 한곳으로 몰려 들어간다
희망 회 수산 네온사인이 깜박 졸음을 깬다
회는 붉디붉다

아버지의 축대

모로 쌓인 축대 위로
올망졸망 국화꽃 피어 있다

한 송이 머리에 꽂은
큰딸의 눈동자가 빛나면
꼭 다문 입술 바르르 떨며
허공으로 사라지는 버들잎 하나

축대 아래 웅크리고 앉은
그림자 셋 나란히
느린 시간의 붓대로
무언으로 그린 기억

츄리닝 바지 점퍼
운동화 끈이 풀린 아버지
방울무늬 리본 큰딸과
짤랑 귀고리 작은딸

태양은 벌써 십자가를 너머에 서고
바람이 꽃을 흔들 때마다
국화향기 가슴을 친다
아버지의 축대가 가볍기만 하다

폐어

기다림은 내려앉고
지평도 침범당한 지 오래,
갈라진 흙벽 못 머리처럼 녹이 슬고
초여름 어르신께서 걸어두신
옥수수처럼 성글성글하게 남아
과거의 기억들을 얘기하듯
또렷하게 바삭거린다
몇몇은 흉흉한 이야깃거리를 문패처럼 달고
몇몇은 송곳니 같은 이름을 새겼지만
간직한 내력을 바람의 문장으로 읽어야만 한다
방주도 없이 며칠을 비 내리던 밤
목숨처럼 매달렸던 것들이
흔적 없이 주저앉던 날 밤
소생하는 순모처럼 깨어나
강물의 혈관을 미치도록 춤을 추며
비린 기억의 세상에 이 몸 맡겨야 한다
훈장처럼 빛나는 고치 속 1,460일을 뚫고
곧은 뼈 유유히 꼬리치며
3억만 년 전 선조의 피 냄새 따라서

양평 가는 길

이경란

- 문예사조 등단
- 자유문학 시부문 추천 완료
- 인천문학연구회 회원
- 한국문학작가연합 회원
- 인천시 중등교사
- 시집 『오늘 뻐꾸기가 울었어』

노루귀

갸우뚱갸우뚱
봄의 비밀 궁금해서
고개 내밀어 본다

외진 섬에 유배되었어도
세상일 궁금해서
쫑긋쫑긋

귀를 세워
따스한 소리 듣고픈데

제비꽃

날렵한 몸매
휘휘 날아 박씨 하나
물고
오기를 손꼽아 기다렸다

하루
이틀
사흘

우리도 초가지붕에 하얀 소망 한 덩이 얹고 싶다

동창회

되돌아간 30년
깊이 잠자던
한 페이지의
바알간 설레임

두리번두리번
있을까, 그 시절
누군가의 가슴에
담긴 그리움

양평 가는 길

어느 골에 숨겨둔 풋사랑이
슬며시 손잡아 끌어
마음을 열어주는 그곳
물길에 실어 보내는 마음

산허리 휘감아 그 빛깔의 아릿함
그대로
조각배에 실어 보내면
산 그림자 닿는 그곳에
스며드는 물빛 사랑

하, 물 그리 깨끗하여
마음속 구르는 자갈소리까지 모두 보여
초록빛 은행 알 같은 사랑
그대로
모두 보이는 그 길

달개비

쪽빛 하늘 꿈꾸던
파랑새 한 마리

진흙바닥 차고 오르고
차고 오르고

몇 날을 푸드득 푸드득
날갯짓하다가
파란물이 들기 시작하다

아픔도 느끼지 못하게 되어서야
하늘이 되었다
마. 침. 내

장미의 꿈

이 영

- 자유문학 시부문 추천 완료
- 인천문학연구회 회원
- 한국문학작가연합 회원
- 인천광역시 무형문화재 제 10-가호
- 범패와 작법무 전수생

자유로

시간에 쫓기며 휘청거리는
한낮의 일상이
나를 불러낸다

달을 밟고
서서
노란 수은등
가슴에 안고
잠이 든
강물을 내려다본다

길

그리움은 길게 머리 풀고
한겨울의 칼바람이
어둠을 이고 있다

허전한 길목을 지키는
침묵을
어찌 밟고 지날까

너에게 가는 길이
아득하기만 하다

연주암 가는 길

바위를 덮은 노란 이불
새벽 이슬은
형체를 알 수 없는 지도를 그려놓았다

단풍잎 사이로
숲은 잠이 깨고 있었다

푸른 하늘이 열리고
한 줄기 빛은
흠뻑 젖은 몸을 말려주었다

지친 걸음 멈추고
막걸리 한 사발에
발아래 세상을
훨훨 날고 싶다

우체국에 가면

우체국에 가면
그리운 그 사람을 만날 수 있을까

콧등 시린 겨울날
순백의 모습으로 서 있는 그에게
잠시 정신을 놓아버린다

작은 얼굴
작은 손
살포시 다가가
안개처럼 그의 마음에 스며들고 싶다

그 작은 움직임
바다에서는 거대한 몸짓으로
날개 춤을 출 수 있을 거다

잘디잘게
평생 시간을
쪼개며 살고 싶다

우체국에 가면
그 사람을 만날 수 있을까

장미의 꿈

소외된 사랑
깊은 호수에 던졌다
흙내 나는 햇살은
가지에 걸려
그렁그렁한 향기를 몸에 지녔다
붙잡지 못한 한 움큼 시간은
서럽게 말라버렸다
죽어서도 버리지 못한 붉은 핏빛
속살을 가슴에 품고
마른 벽에 기대어 찢어진 비명을 지른다
윤기 잃은 얼굴은
노을 속으로 달려 나가고
길 잃은 바람만이
창문에 목을 매달았다

줄다리기

이병헌

- 충남 청양 출생
- 문예사조 시 부문 신인상
- 문학 21 소설 부문 신인상
- 한국문인협회 예산지부 회원
- 한국문학작가연합 회원
- 2002년, 2007년 스토리문학관 올해의 소설 선정
- 현 충남에서 중등교사를 하고 있음

줄다리기

참으로 이상한 것은 교감선생님의 손에 들려 있는 총에서 화약이 터지면서 '탕' 하고 나는 소리가 동아줄을 잡고 있던 사람들에게 힘을 주고 있다는 사실이었다. 운동회 전날에 이미 운동장 가운데를 중심으로 그곳에 직경 이 미터 정도의 원을 그려놓았으나 운동회의 마지막을 장식하는 마을 사람들의 줄다리기를 위해서 다시 밀가루와 같은 백회가 뿌려졌고 가운데에 선을 따라서 하얀색 가루는 동서로 뿌려졌다. 동쪽과 서쪽에 서로 다른 마을 사람들이 이미 자리를 잡았고 신발로 운동장에 발을 디딜 부분을 파놓고 총소리를 기다렸다. 팽팽한 긴장이 오가면서 한두 번의 실랑이가 있은 후에 총소리가 났고 두 손으로 잡은 로프를 모두 힘을 다해서 끌어 당겼다. 한쪽에서 힘을 주면 다른 쪽에서 늦춰주고 반대쪽에서 힘을 주면 다른 편에서 늦춰주다가 결정적인 기회를 잡으면 시골 초등학교 운동장이 떠나가도록 소리를 지르며 기선을 제압했다. 그때 로프의 중앙에 매단 빨간색 테이프가 운동장에 그어 놓았던 경계선을 오가면서 시소게임을 하였고 응원에 나서는 동네 주민들이 꽹과리를 치면서 힘을 돋우고 있었다. 초등학교 운동회에서 마을 대항 줄다리기는 많은 사람들이 다른 어떤 경기보다 져서는 안 되는 경기로 생각하고 있었다. 그래서 이장님은 동네 사람들을 모아놓고 운동회가 있기 전날에는 부부가 떨어져서 잠을 자라는 말까지 하여 마을이 웃음바다가 된 적도 있었다.

운동장에 매달려 있던 만국기가 개선문과 용진문에서 쭉 뻗어 전 세계로 향하는 느낌이 들게 하였고 그 사이로 아이들의 함성이 드높았다. 추석 다음날에 열렸던 운동회는 초등학교 학구 내 마을의 커다란 잔치가 되어 있었다. 고향을 떠나 도시에서 살고 있던 사람들까지 고향에 와서 그 자리에 참석을 하면서 오랜만에 줄다리기에 끼어들어 같은 마을 사람임을 확인하곤 했었다.

그가 초등학교 삼 학년에 다닐 때 바로 그 줄다리기가 이십 분 동안 계속되는 일이 있었다. 그의 기억이 남아 있는 한도에서 그 당시에는 삼전 이 선승의 경기로 펼쳐졌는데 첫 판은 우리 마을이 너무 쉽게 졌고 두 번째 판은 상대팀이 방심하는 사이에 우리 마을 팀이 기습적으로 이겨 마지막 판까지 가고 말았다. 마지막 판은 용호상박(龍虎相搏)을 이루고 있었다.

그의 아내가 선제공격을 가한 것은 바로 집으로 배달되는 교육신문 때문이었다. 그의 아내는 매스컴 즉 TV뉴스나 집으로 배달되는 신문을 통해서 얻은 모든 정보에 눈과 귀를 세우고 있었다. 특히 일간지 구독을 그만두고 나서 아내는 집에 배달되는 모든 신문 즉 교육신문이나 교원복지신문을 샅샅이 읽고 있었다. 그것은 아내에게 교육의 현실에 대한 이해를 더할 수 있는 기회를 가져다 주었지만 아내가 알아도 그리 유쾌하지 않은 내용을 알게 해 주었다.

며칠 전에 배달된 두 신문이 공통적으로 다루고 있던 내용이 교원성과급에 관한 내용이었다. 작년에도 성과급을 받아서 그 가치를 알고 있기에 아내는 그의 입에서 무슨 말이 나오기를 원하고 있었다. 하지만 사실 교원성과급에 대해서 그는 어떤 말도 할 수 없었다. 지난해 교원성과급은 많은 문제를 노출하고 있었다. 공무원들에게 일률적으로 성과급이라는 괴물을 내놓고 순위를 만드는 과정에서 구성원들 서로 간에 얼굴을 붉히는 일이 다반사 발생하였다. 그의 학교도 그러했다. 교사의 순위를 매기면서 그 과정이 문제가 되었다. 확실한 규정이 없기에 많은 교사들은 교장이나 교감의 눈에 많이 비친 사람들이 한 자리 숫자의 등위로 말미암아 더 많은 성과급을 받고 있었다. 담임이 아니거나 대외적인 경기가 별로 없는 교과를 담당한 교사는 더 말할 것 없이 최하의 그룹에 머물러야 했다. 작년에는 웃으면서 그저 넘겨버렸던 것이 또 되살아난다는 것이 그리 유쾌하지 않았기 때문이었다. 그러나 그의 아내는 그가 이번에 높은 등급을 받을 것으로 생각하고 있었다. 그것은 다름이 아니라 학교 일이라면 집안의 일을 제쳐놓고 처리하기 때문이었다. 중학교에서 야간자율학습 감독을 하고 있고 방과 후 학교 교육에 방학도 거의 반은 반납을 했기 때문이었다. 그런 아내의 생각은 그를 답답하게 만들고 있었다. 학교에서 교감이나 교장 모두 그에게 플러스 점수를 줄만한 이유가 없었기 때문이었다. 많은 사람들은 그저 묵묵히 자신이 맡은 일에 최선을 다하면 그 사람이 인정을 받는 것으로 되어 있었다. 그러나 그것은 이론적인 것이고 실질적으로는 학교 내에서도 숱한 갈등이 있었다. 그가 속해 있는 중학교는 면 단위에 위치해 있기에 인구의 감소가 눈에 띄게 나타나고 있고 그로 말미암아 학급감소가 예상되고 있었다. 그러기에 학교 내에서도 교사들 간의 갈등요소가 산재해 있었다. 사립학교의 공통적인 것 중의 하나가 학교 내의 인맥에 관한 것이었다. 알게 모르게 출신 대학별로 모임을 가지고 있었고 하다못해 사돈의 팔촌이라도 되면 그 끈을 붙잡고 있는 모습이 애처롭기만 했다. 그의 학교도 교감을 비롯한 예닐곱 명의 교사가 D대학 출신이었고 그가 그 학교에 왔던 해에는 알게 모르게 모임을 가지고 있었다. 그러다가 학교 이사장의 만류로 움직임이 둔화되고 있었으나 암암리에 모임을 가지고 있었다. 또한 그의 학교가 속해 있는 곳이 고향인 P교사의 경우는 고향이라는 것을 이용해서 군 단위에서의 문제를 해결하는데, T선생은 도교육청에 아는 사람이 많이 있어 학교의 이권을 위한 일이 있을 때 앞장서고 있다는 것으로 높은 점수를 받을 것임에 틀림이 없었다. 예체능교사의 경우에는 대외경기가 많아서 점수를 따는데 문제가 거의 없었기에 중간그룹에 섰다. 그리고 그를 포함한 담임을 하고 있는 그룹은 중간그룹에서 눈치를 보고 있었다. 이번의 경우에는 교감이 긴급회의로 인해서 교육청에 갔다가 서류를 기지고 와서 '번개불에 콩을 구어 먹 듯' 순번을 매겨 교육청에 제출을 했다. 교감은 전년도 9월부터 올 8월까지의 학생들의 교외 수상대장을 요구했고 그것을 바탕으로 시나리오가 만들어지고 부가적으로 학생들이 얻은 성과가 곧 교사의 등위로 매겨지고 있었다. 이런 것을 아내가 알 리가 없었고 또 그것을 설명할 수도 없었고 설명을 할 필요도 없었다. 그는 줄다리기를 하고 있었다. 그가 쥐고 있는 로프에 그의 아내는 힘을 주고 있었다. 그가 늦추어 주었다가 풀어주면 아내는 자신의 기회가 왔다고 생각하고 움켜쥐고 있었고 절대로 놓지 않았다. 아내와의 집요한 신경전이 팽팽한 긴장을 만들어내고 있었다. 그의 생각은 어서 그 돈이 통장에 입금되어 그의 실체를 아내가 아는 것이었다. 성과급의 의미가 상당히 퇴색되어 차라리 없어지거나 생색을 내고 싶다면 일률적인 수당을 지급하는 것이 낫다는 생각을 했다. 작년처럼 교무실에서 등급이 매겨져 서로 1등급 교사, 2등급 교사, 3등급 교사로 불리우는 것을 또 겪어야 한다는 것이 교사들에게 서로 위화감을 주어 서로의 가슴에 웃음을 앗아간다고 생각을 했다. 그것은 분명 정부의 의도대로 되는 일이 아니었다. 능력이나 개인의 성취한 교육성과가 그대로 반영되는 것이 아니고 단지 수치상의 기호가 춤을 추는 것이기 때문이었다. 아내가 만들어대는 긴장은 그를 넘어서고 있었다.

그는 그의 아내가 그에게 내민 로프를 보았다. 분명 두꺼운 것이 그의 손으로 붙잡기에 그리 쉽지는 않았지만 손에서 벗어날 수 없는 운명과 같은 것이기에 뜨거운 감자가 되어 있었다. 그의 월급이 입금되는 통장에서 분명 그의 성과급에 대한

것이 수치상으로 나타나게 되어 있었다. 그는 학교에서 돌아
가는 사정을 알기 위해서 눈치를 보았으나 특별한 말이 없었
다. 오히려 그것이 다행이라는 생각이 들었다. 추석에 즈음해
서 나오는 것이기에 어쩌면 월급과 희석이 되어 그냥 넘어갈
수도 있다는 생각을 했기 때문이었다. 학교에서는 교사들 사
이에서도 갈등이 일어날 수 있었으나 애써 자제하는 모습이
보였다. 작년과 같은 일은 일어나지 않을 거라는 생각이 들었
으나 교감의 성과급을 위한 서열을 매기는 방식에 그는 웃을
수밖에 없었다. 그것은 대외적인 경기에 참석을 많이 해서 입
상을 한 학생들의 숫자가 가장 기준이 되는 것이었기에 그는
다른 할 말이 없었다. 특별하게 아이들을 데리고 나가서 대회
에 참석을 한 일도 없었기에 가장 아래 등급에 해당될 거라는
생각을 하였다. 학교에서도 숫자놀음이 성과급의 기준이 된
다는 것에 대해서 허무하다는 생각이 들고 있었다. 전년과 달
리 교감은 어떤 발표도 하지 않았다. 교사들 사이에서도 추석
이 끼어 있어서 그냥 잊혀질 수도 있다고 생각을 했기에 대부
분은 무덤덤하게 지나가고 있었으나 그의 아내의 태도는 그
렇지 못했다.

　더구나 성과급에 대한 이야기는 그가 사는 아파트의 아래층
에 사는 정 선생의 입에서 흘러나왔다. 늘 정 선생은 학교에
서 일어나는 일에 대한 발설에 대해서는 많은 사람들이 혀를
내두를 정도였다. 정 선생은 아무런 말도 하지 않다가 그의 허
점이 보이면 그의 아내는 그것을 파고들어 교묘하게 알아내
어서 아파트에 사는 여자들에게 방송을 하고 다녔다. 한번은
그와 정 선생이 퇴근을 하다가 지하주차장에서 우연히 만났
고 정 선생의 제의로 집으로 들어가지 않고 한잔 하고 가자는
데 합의를 했었다. 그들은 그들이 사는 아파트에서 조금 떨어
진 곳에 있는 곱창집으로 갔고 그때까지만 해도 그에 대한 경
계는 늦추지 않았다. 정 선생은 화장실에 다녀온다는 말을 하
고 먼저 곱창집에 들어가서 음식을 시켜놓으라고 했다. 그는
그가 화장실에 가는 것은 생리적인 해결을 위한 것이라 애써
생각하면서 곱창집으로 들어갔다. 곱창집 안에는 벌써 연탄
화덕 위에 불판을 얹어놓고 곱창을 구어서 안주로 하면서 소
주잔을 기울이는 사람들이 몇 명 있었으나 안면이 있는 사람
들이 없어서 다행이었다. 그는 이야기를 나누기에는 방이 좋
을 것 같아 작은 방으로 들어갔다. 연탄구이를 먹을 수 없는
아쉬움은 있었지만 요즘은 연탄으로 거의 구워서 마지막 부

분만 가스 불로 구워먹을 수 있도록 해 주니 그 맛이 그 맛이었다. 정 선생이 화장실에 간 지 십 분쯤 지나자 얼굴에 어색한 미소를 담고 그의 앞에 앉았다. 정 선생과 그는 다른 학교에 근무를 했지만 학교의 분위기는 서로 비슷하기에 이런저런 얘기를 그의 아내에게 많이 하는 것 같았다. 그리고 그것은 아파트 전체에 돌아 거의 모든 여자들이 완전무장을 하는데 결정적인 역할을 하고 있다는 소문이 많았다. 같은 학교에서 근무하지 않아도 근무 상황이나 흐르는 분위기는 비슷하니 그것으로 이야기를 만들어 내기도 하고 여자들이 즐기면서 나눌 수 있는 이야깃거리를 줄 수 있다고 생각을 했다. 자리에 앉자 종업원이 그들이 앉은 테이블에 곱창구이를 올려놓았다. 그녀는 기계적으로 휴대용 가스레인지의 불을 켜고 프라이팬을 올려놓았다. 그러자 지글지글 거리는 소리를 내면서 곱창이 마지막 불길에서 기름을 빼내고 있었다. 그들은 소주를 두 병 시켰다. 한 병은 옥수로 한 병은 순이슬로 시켰다. 그들은 종업원의 오른손에 있는 술병에 담긴 술을 마시기로 했는데 그것은 옥수였다. 마음속에 쾌재를 불렀다. 사실 그는 옥수 팬이었기 때문이었다. 술을 마실 때 자신이 좋아하는 술로 시작하는 것은 기분 좋은 일이었다. 어떤 술을 먼저 마실 것인가에 대한 탱탱한 긴장은 아주 싱겁게 끝이 났다. 서로의 잔에 소주를 붓고 잔을 부딪히면서 그가 먼저 건배의 말을 하자 정 선생이 뒤를 이었는데 옆에서 술을 마시던 사람들이 그들의 소리를 듣고 배꼽을 쥐고 웃었다.

"꼿꼿이"
"세우자"

정 선생은 어색한 분위기를 깨기 위하여 실실 웃기 시작하며 물어보지도 않은 자신의 학교에서의 성과급 지급에 대한 방법을 말하기 했다.

"선생님, 우리 학교는 어떻게 하기로 했는지 알아요? 너무 갈등이 심하니까 이번에는 교육부의 생각과는 상관없이 세 등급으로 해서 나눠진 것을 다시 모아서 같은 액수의 성과급을 받기로 했어요."
"하하하, 오히려 그것이 인간적이네요."
"맞아요. 작년만 해도 최상위 등급과 최하위 등급의 성과급 차이가 많지 않았는데 이번에 나온 안에 의하면 20% 차이를 두면 차이가 40만원대 30% 차등을 두면 60만원 이상 차이가 나니 문제가 커지지요.”

“근데 제가 근무하는 학교는 요지부동이에요.”

“하지만 제가 근무하는 학교에도 그것에 불만을 가진 사람들이 있지만 이번은 서로 이해하면서 그냥 넘어가기로 했어요.”

“개인적인 능력의 판단으로 제시되고 있는 기준이 웃기는 것이지요. 담임을 하느냐 그렇지 않느냐 여부, 보직교사이냐 그렇지 않느냐 여부, 수업시수가 얼마나 되느냐 여부, 학생들을 얼마나 많이 대회에 출전시켜서 얼마나 많은 입상을 시키고 또 자신이 얼마나 많은 포상을 받았느냐, 학습지도 및 생활지도능력 등을 말하고 있는데 그것을 증명할 만한 것이 없어요.”

“그렇지요. 담임을 하는 것과 보직교사를 하는 것도 자신이 하고 싶어서 하는 것도 아닌 경우가 많지요. 수업시수도 마찬가지에요. 주어진 여건에 의해서 이뤄지는 것이지 자신이 수업을 골라서 할 수 있는 방법이 없어요.”

“아이들이 대회에 나가서 상을 받는 것도 그래요. 주로 예체능 계열에서 대회가 많으니 담당과목이 그쪽이면 별로 노력을 하지 않아도 상을 많이 받아와요. 아이들이 학원에서 혹은 개인지도를 통해서 특기를 키우는 것이지 학교에서의 지도를 통해서만 백 퍼센트 이뤄지는 것은 아니지요. 그러니 아이들을 잘 만나면 자신이 높은 등급의 교사가 될 수 있는 거에요"

"하하. 교사 개인의 능력이 이상하게 평가되는 것이 참 문제가 있어요."

"그게 요즘의 현실이잖아요."

"그래요."

잠시 침묵이 흘렀고 잔에 담긴 소주가 출렁거리는 것이 보기에 좋다는 이상한 생각을 하다가 그의 잔을 들었다. 그러자 앞에 앉은 정 선생도 잔을 들어 살짝 부딪고 술잔을 비웠다. 구워서 먹던 곱창이 바닥이 나고 이제는 찌개가 그 자리에 들어앉았다. 한 잔 마신 후 잔에 다시 소주가 채워졌다. 한 병 마시고 다음 술병이 탁자 위에 놓여질 때 그는 소주가 '옥수' 인 것을 확인하고 웃었다. 그의 희한한 행동을 지켜보던 정 선생이 입을 열어 무거워진 분위기를 바로잡았다.

“김 선생님 술병에 여자라도 나타났나요?”

“하하. 여자는 아니지요. 저는 소주를 마실 때마다 옥수를 마시는데 소주 한 병을 마실 때마다 이 소주회사에서 지방자치단체에 30원씩을 이웃사랑기금으로 내놓는다고 합니다.”

“저도 알고 있어요. 지난해 옥수(玉水) 소주회사에서 우리 군청에 1,000만원을 내놓았다고 하니 우리 군민들이 소주를 얼마나 많이 마신 것을 알 수 있잖아요.”

“그것이 옥수 소주가 살아남았고 주민들이 서울에서 생산되는 소주를 멀리하도록 만들어서 작년에는 매출이 30%나 늘었다고 해요.”

“그리고 알콜 함량도 낮춰 오히려 사람들이 더 많은 소주를 마시도록 했다고 해요.”

“그렇지요? 아직 소주회사들끼리 줄다리기는 계속되고 있는 것 같아요. 이번엔 서울에서 생산되는 소주회사에서 적극적으로 판촉행사를 한다고 해요. 순이슬 소주에서는 이 지역 고등학교 학생들에게 장학금을 소주 판매액에서 한 병에 50원씩 학교에 내놓는다고 하네요.”

“하하. 그래도 저는 옥수인데 줄다리기를 하는 것을 지켜보는 것도 재미있을 것 같아요.”

"정 선생님, 그건 그렇고 사모님하고 대화를 많이 나누는 것 같군요?"

"어떻게 아셨어요?"

"아파트 단지 내에 두 분이 금슬이 좋다고 소문이 많이 났던대요?"

"하하. 그런가요? 금슬이 좋은 것은 아니고요 제 마누라가 입을 열도록 만들어요."

"아니 사모님은 어떻게 그런 좋은 재주를 가지고 있나요?"

"마누라는 제가 술을 마시고 가는 날이면 늘 승자가 되지요."

"그게 무슨 소리인가요?"

"술을 마시면 제가 방어벽이 무너지는 경우가 많아요."

"그럼 그때 모든 것을 열어버리는군요?"

"마누라가 늘 그렇게 만들어요. 급양비가 급여통장으로 입금되기 전에 급양비가 인상되었을 때도 술을 마시고 간 날 마누라의 계략에 의해서 말을 할 수밖에 없었어요."

"그러니 힘도 써 보지도 못하고 줄다리기에서 밀려버렸군요?"

"그렇다고 할 수는 있어도 남자들이 술을 마시면 어쩔 수 없는 것 같아요."

"그런가요?"

"남자들이 마지막 힘을 쓰지 못하도록 하는 방법을 여자들
은 잘 알고 있거든요."

"그게 무슨 방법인가요?"

"여자들은 남자들이 허술한 방어벽을 잘 알고 있지요. 술을
마시고 나면 자연스럽게 정신적인 면이 느슨해지고 여자들은
그 틈을 파고들어서 평소에 머릿속에 메모해 놓았던 것을 펼
쳐내면서 자신들만의 답을 얻으려 노력하지요."

"하하. 어떻게 그런 것을 잘 알아요?"

"제가 그렇게 살면서 느끼고 있는 것이에요."

"그럼 아예 방어벽을 없애는 것이 어떨까요?"

"허허. 그럴까요?"

그는 정 선생의 얼굴에서 긴장이 머물고 있는 것을 보았다.
자신에 말하고자 하는 것을 전부 알고 있다는 생각을 했다. 그
는 웃으면서 곱창을 씹는 정 선생을 보면서 술잔을 다시 치켜
들었고 정 선생도 습관적으로 술을 마셨다. 그는 어색한 분위
기를 깨기 위해서 곱창 한 조각을 정 선생에게 내밀면서 빙긋

웃었다. 그러자 정 선생이 한 조각을 찌개에서 건져내 그에게
내밀면서 맞장구를 치며 입을 열었다.

“김 선생님 곱창을 먹는 곳이 많지 않은 것 같아요.”
“그렇지요. 삽교의 할머니 곱창집이 원조라고 해요.”
“맞아요. 다른 지역에서는 많이 먹지 않는 것 같아요.”
“삽교에서 돼지곱창의 원조가 있어서 전국적으로 삽교 곱
창집의 간판을 건 곱창집이 많이 생기고 있다고 해요.”
“가끔 할머니 집에 가는데 삽교에서나 맛볼 수 있는 독특한
별미에요. 그 집은 지금도 연탄 화덕에 곱창을 구워먹는데 그
맛이 일미에요.”
“그래서 지금 우리들이 먹는 집의 상호가 일미집인가요?”
“허허. 그런 것은 아니겠지만 예산의 삽교읍처럼 곱창집을
많이 가지고 있는 특색을 가지고 있는 곳도 드물거에요. 예산
에 곱창집이 20여 곳이 넘는다고 하네요. 그것도 다름 아닌 돼
지곱창집이지요.”
“지금 많은 사람들이 수덕사나 덕산온천을 다녀오면서 들
리는 곳이 되고 있어요.”
“재미있는 것은 곱창을 먹으면서 사람들이 그것이 돼지곱

창인 줄 모른다는 것이어요."

"그렇지요. 저도 처음엔 그렇게 생각하지 않았지요."

"사람들에게 물어보면 그것이 돼지인지 소인지에 대해서는 관심이 없는 것 같아요."

"대부분의 사람들은 그냥 맛이 있으면 먹는 것이에요."

"저도 서울에서 친구가 내려와서 그곳에서 한잔 하면서 먹었는데 특유의 냄새도 나지 않아 좋다는 얘기를 들었어요."

"친구분들이 돼지곱창이라는 것을 알고 있었나요?"

"물론 먹고 나서 말을 해 주었지요. 근데 그 친구들 중 한 명이 사실 저에게 개고기를 먹도록 한 장본인이랍니다."

"그게 무슨?"

"제가 서울에 갔을 때 식사를 하러 한 식당에 갔는데 간판도 없는 집이었는데 수육이 나오더라고요. 전에 먹어 본 적이 없기에 분명 소고기일 것이라고 생각하고 먹었는데 나중에 다 먹고 보니 친구가 개고기라고 말하는 거에요."

"그래서 개고기를 먹는 첫 경험을 한 것이었군요?"

"그렇게 되었는데 그 친구에게 나중에 돼지곱창이라고 말을 했더니 개고기 이야기를 꺼내면서 복수했느냐고 물어보더라고요."

“그럴 의도는 없었는데 그렇게 되고 말았지요.”

“그 친구는 그때부터 곱창 예찬론자가 되어서 이곳에 내려오면 꼭 곱창에 소주 한잔 하지요.”

“그랬군요.”

“그 친구 얘기가 처음에 냄새가 날 것이라고 생각했지만 요리를 잘해서 냄새도 없어 출출할 때 소주 한잔 마시는데 제격이라나요?

“오늘처럼 말이지요?”

“하하, 가끔 술 한 잔 나누자고.”

“저도 같은 생각이에요.”

그들은 소주를 적당하게 마신 후 아무런 줄다리기가 없이 곱창집을 나섰다. 그가 내민 신용카드로 계산을 하면서 정 선생은 딴전을 피웠고 그에게 잘 먹었다는 말을 내뱉고 함께 그들이 살고 있는 아파트로 향했다.

그가 현관문을 들어설 때 그의 아내가 입술에 미소를 담고 그를 기다리고 있었다. 그는 그의 아내가 분명 무슨 꿍꿍이속이 있을 것이라는 생각을 하면서 씩 웃고 안방으로 들어가서 옷을 벗었다. 그의 아내는 그의 옷을 받아서 양복장에 넣고 그를 화장실로 내몰았다. 그를 화장실로 들어가게 한다는 것은 그에게는 의미가 있는 날임을 암시하고 있었다. 그는 몸에 걸쳤던 마지막 조각을 벗어 던지고 샤워를 했다. 차가운 물이 그의 몸에 흘러내리자 술기운이 그의 몸에서 떠나고 있는 것을 느낄 수 있었다. 비누를 온몸에 칠한 후에 차가운 물을 몸에 끼얹었다. 차가운 물이 그의 몸을 지나면서 정 선생하고 마셨던 술기운이 그의 몸을 떠나는 것을 느꼈다. 그러면서 정 선생과 나누었던 대화가 하나하나의 조각이 되어서 퍼즐을 맞춰가고 있었다. 그것은 그의 머릿속에 자라고 있던 긴장이었다. 아주 별것 아닌 상황이라고 생각하면 그럴 수 있지만 그의 아내에 대한 그의 줄다리기는 이제 시작이라는 생각이 들었다. 물론 시원한 해답은 없었다.

줄다리기를 하기 위해서 필수적인 것은 동아줄을 만드는 것이었다. 초등학교에 다닐 때 그 당시에는 지금과 같은 줄다리기용 튼튼한 로프는 찾아보기가 어려웠고 동아줄을 만들기 위해서 낮에 농사일을 하고 밤에 초등학교에 마을 사람들이 모여서 동아줄을 꼬아주곤 했다. 물론 학교의 사택의 가마솥에선 해장국이 끓고 있었고 막걸리 통에는 막걸리가 가득했다. 서로 웃으면서 동아줄을 꼬아주었고 그것은 운동회 날에 사용되었다.

　그가 화장실에서 밧줄을 만들어야 한다고 생각했다. 분명 줄다리기를 시작할 것이고 선제공격을 할 것임에 틀림이 없었기 때문이었다. 사실 정 선생이 집에서 학교에서 일어나는 이야기를 집에서 하기에 아파트의 여자들은 학교 현장에서 일어나는 많은 이야기를 알고 있었고 그것은 같은 직업을 가지고 있는 남자들에게는 많은 불만요소로 나타났고 실제로 농담반 진담반으로 정 선생에게 그러지 말 것을 말하는 사람도 있었다. 그가 정 선생과 한잔 나누기 시작할 때 그가 생각했던 것도 사실은 그에게 그런 얘기를 하지 말라고 했으나 술을 마시면서 스스로가 동화되는 듯한 느낌이 들었었고 이미 그의 행동을 이해하려고 하는 자신이 이상하다고 생각이 들었다.

　그의 머리는 꼬이기 시작했다. 그의 아내에게 내밀 로프를 생각하면서 생각에 잠겼다. 그의 아내가 이미 선제공격을 한 것은 분명했다. 그가 집에 들어섰을 때 그를 화장실로 몰아넣은 것은 분명 무슨 계교가 있고 또 그것은 그에게 선제공격을 하려는 의도가 숨어 있었다. 그는 그의 아내의 속성을 알고 있었다. 그를 화장실로 몰아넣는 것은 분명 미인계를 쓰려는 의도가 분명했다. 그가 술을 마시면 평소보다 더 적극적으로 변한다는 것을 이용했다고 생각을 했다. 거기까지 생각이 이르자 그는 무대책이 대책이라고 결론을 내리고 화장실을 벗어났다. 상황에 따라서 행동하는 것이 제일 나을 것이라는 생각을 하면서 거실에 나와 안방으로 들어갔다. 그의 아내가 내미는 옷을 입었다. 시원한 모시메리를 입고 나니 거실이 눈에 들어왔다. 거실 중앙에 작은 술상이 준비되어 있었고 와인이 그를 기다리고 있었다.

"당신 식사했지요?"
"응."
"정 선생님이랑 했지요?"
"귀신이네. 어떻게 알았어?"
"정 선생님 사모님이 전화했더라고요. 당신하고 정 선생님하고 곱창집에서 식사하고 들어올 거라고요."

그는 그제야 정 선생이 화장실에서 늦은 이유를 알 수 있었다.
"내가 전화하려다가 오히려 그러면 당신 대충 밥 먹을 것 같아서 전화 안 했어.”

“고마워요. 근데 뭐 잊어버린 것 없어요?”

“잊은 것! 없는데, 뭐 당신 아는 것 있어?”

“아뇨. 그냥 무슨 일이 있나 해서요. 식사는 하셨으니 술이나 한잔해요.”

“근데 웬일로 술상이야?”

“당신 약주 드시면 일차로 끝나는 적이 드물잖아요.”

“그래서 술상을 차린 거야?”

“당신 다른 곳으로 가지 않고 집으로 돌아오셨으니 상으로 드리는 것이에요.”

“하하. 알았어. 그런데 옷차림은 그게 뭐야?”

“드라마 보았더니 남자들이 술 마시는 곳의 분위기가 이런 것 같아서요.”

“잘도 아네. 하지만 나는 그런 곳 안 가니 걱정 말아요.”

“알아요. 그러니 오늘은 특별 보너스로 돈 하나 안 받고 끝까지 책임질게요.”

“이 사람이, 허허.”

그는 있어도 무엇인가 큰 것이 있을 것이라는 생각을 하였다. 결혼을 한 후에 이렇게 적극적으로 나온 적이 없기 때문에 오히려 어떻게 대처해야 할지를 몰랐다. 지난번 그의 처제가 프랑스 여행에서 돌아오면서 사온 와인이었다. 잔에 삼분의 일 정도를 따르고 살짝 부딪쳤다. 입 안에 한 모금 넣은 후 혀로 굴렸다. 맛을 음미하고 넘기니 더 맛이 살아나는 것 같았다. 잔을 두 번 비우자 그의 아내는 그의 곁으로 다가왔다. 그의 아내는 술을 좋아하지만 많이 마시지는 못한다. 소주 세 잔, 맥주 한 병 그리고 와인 몇 잔이면 취하곤 했다. 결혼하기 전에는 그것도 마시지 못했는데 결혼을 한 후에 그가 술을 마시면서 늦어지자 그의 아내가 궁여지책으로 내놓은 해결방안이 함께 마시는 것이었다. 처음에 한 잔이면 기분이 좋던 그녀의 아내도 이제는 소주 반 병은 마실 정도로 되어서 그의 기분을 함께 나눌 수 있는 것은 좋았는데 집에서 붙잡아 놓아서 불만이었지만 가끔은 늦게 들어오기도 했다. 그때마다 바가지는 긁어도 그리 심하지 않으니 못들은 척해 주거나 약간의 변명을 하면 넘어가 주었다. 회식을 할 때도 일차가 끝나면 친구들이나 동료들도 이미 다 알기 때문에 더 이상 붙잡지는 않았다. 그의 아내는 한 잔 더 마신 후에 그의 곁에 와서 앉았다. 다른 때와 달리 콧소리를 내어 그에게 말을 건넸다.

"이번에 성과급 나온다면서요?"

드디어 터질 것이 터지고 말았다. 그는 강하게 나가지 않으면 줄다리기에서 밀릴 것이라고 생각하면서 목소리를 똑바로 하고 대답을 했다.

"어디서 들은 모양이네?"
"제일중학교 김영식 선생님 사모님께서 우연히 말씀해 주셨지만 이미 알고 있었어요."
"어떻게 알고 있어?"
"교원 성과급제도란 매년 업무성과 평가를 하고 그 결과에 따라 추가적으로 임금을 지급하는 거라면서요?"
"말로는 그렇지. 교원의 경우 교장, 교감에게서 받은 근무 평가를 근거로 하지만 그것이 어디 말대로 되느냐 문제야."
"그럼 당신은 어때요?"
"나야 별 다른 것이 없으니 3등급에 속하겠지."
"아니 왜요? 당신처럼 학교에 충성한 사람을 왜 3등급을 주는 거예요?"
"충성하고 능력하고는 다르거든?"

“그럼 3등급 받는 거예요?”

“걱정하지 말아요. 작년부터 형식적으로는 등급을 매기지만 실질적으로는 성과급을 균등하게 배부되거든.”

“그 돈은 월급통장으로 들어오지 않잖아요.”

“하하하. 당신하고 나하고 합의한 사항이잖아.”

“그때하고 지금은 사정이 다르잖아요.”

“그럼 재협상을 하자고?”

“그렇게 해야 할 것 같아요. 지난 추석에도 보너스 당신이 다 가지고 썼잖아요.”

“당신하고 약속한대로 했을 뿐이에요.”

“그래서 지금 다시 얘기해 보자는 거예요.”

“좋아. 나는 당신 하자는 대로 다 하니 뭐든지 말해.”

“정말요?”

“내 지갑 안에 10만원이 늘 머물도록 해 줘.”

“그건 안 돼요. 당신은 지갑에 돈이 있으면 늘 쓰잖아요. 그러면 당신 월급 가지고도 모자랄 거예요.”

“남자가 그 정도는 있어야지. 그럼 카드로 내 마음대로 써도 되나?”

“당연히 안 되지요.”

“나는 당신에게 다 맡길 수 있지만 그렇게 되면 당신이 더 어려울 것 같은데?”

“그러지 말고 제가 알아서 지갑 채워 드릴 테니 앞으로는 성과급이나 명절 상여금 월급 통장에 넣어요.”

“당신 얘기 다 알아요. 당신이 말하는 ‘알아서’ 라는 단어는 늘 애매하고 나중에 큰 위험성을 품고 있기에 그렇게는 안 되어요.”

“아이들 교육비도 늘어가고 있어요.”

“당신도 알잖아. 내가 돈 모아서 여행비 대는 거.”

“하지만 반이라도 주어요.”

“그럼 지갑에 반만 채워줘.”

협상은 싱겁게 끝났다. 그러나 그는 그의 아내가 그 협상을 지킬 것이라고는 생각하지 않았다. 일단은 그렇게 받아들이는 것이 그 자리를 마무리할 수 있을 것이라는 생각이 들게 했다. 며칠 지나면 없던 일로 하자는 말을 할 것이 뻔하기 때문이었다. 그는 사실 이런저런 핑계로 지갑을 거의 매일 비울 것이고 그의 아내는 속이 타면서도 말은 못하다가 그가 술 한잔 마시고 오는 날 그에게 콧소리로 협상 무효를 선언할 것이라는 것을 알았기 때문이었다. 하지만 그의 아내가 만든 자리를 함부로 할 수 없음을 알았고 적당한 선에서 봉합하는 것이 분위기 상으로 좋을 것이라는 생각을 했다. 술상이 치워졌고 그는 빠른 샤워를 하고 침대에 누웠다. 그는 피곤하다는 이유로 먼저 잠자리에 들었고 그의 아내는 그의 아들이 야간 자율학습을 마치고 돌아올 때까지 기다린다는 말을 하면서 거실에서 머물고 있었다. 그는 그의 아내가 또 다른 퍼즐을 만들어낼 것이라는 것을 알았다.

그의 아내는 이미 그의 머릿속에 들어앉아 있었고 그도 그녀의 머릿속에 자리를 잡고 있었지만 쉽게 밧줄을 놓을 수는 없었다. 어느 한쪽에서 밧줄을 놓는다면 한쪽은 분명 넘어질 것임에 틀림이 없기 때문이었다. 그렇게 되면 분명 어느 한 가지라도 생채기를 가지게 될 것이고 그것은 서로를 불편하게 만들 것이라 생각을 했다. 그래서 그는 그 적당한 선을 먼저 찾아준 아내에게 고마움을 느꼈다. 분명 그녀의 시행착오를 생각했지만 그것은 그때 또 협상을 하면 되는 것이었다. 협상을 들고 나오는 것은 분명 그의 아내가 먼저였지만 그때마다 그의 아내의 승리로 끝나는 경우는 많지 않았다. 다만 그렇게 보이게 만들기 위해서 그는 노력을 할 뿐이었다. 추석 보너스

와 성과급이 한 달 사이에 지급되는 것은 어쩌면 그의 가정에 마이너스된 부분을 채워줄 수 있을 수도 있지만 그것을 그런 식으로 허비하면 그의 가족의 여행과 그의 여행은 물 건너갈 것이라는 생각을 했기에 아예 그 부분은 그의 관리에 두었던 것이다. 사실 가족여행의 경우 일 년에 두 번 정도 이박삼일로 다녀오는 것이 상례가 되었고 직원여행의 경우에는 마음이 통하는 사람들끼리 한 달에 십만 원씩 모으고 여행을 떠날 때 일정한 부분을 내서 해외여행을 떠나곤 했다. 그렇다고 해서 호화여행은 꿈도 못 꾸고 동남아나 중국 일본에 다녀오는 것이 전부였다. 작년부터는 일 년 이상 모아서 유럽이나 서남 아시아로 가 보자는데 의견을 모아 그렇게 하고 있는데 실질적으로 떠날 때 어느 정도의 비용을 더 부담해야 했기에 명절 휴가비나 성과급이 긴요하게 사용이 되곤 했다. 그런 부분에 그의 아내의 손이 닿는다는 것은 엄연하게 계약위반이었지만 그것을 쉽게 안 되는 쪽으로 몰고 갈 수는 없는 일이었다.

우리 마을의 팀이 조금씩 밀리고 끌어오다가 그만 동아줄 가운데 묶어 놓았던 빨간 선이 운동장에 그려 놓았던 선과 일치하는 일이 일어났다. 그것은 정말 이해할 수 없는 일이었다. 서로 마주보면서 동아줄을 당기고 있는 양편의 선수들은 이미 온몸에 땀으로 범벅이 되었지만 그들의 손은 동아줄에서 떠나지 않았다. 팽팽한 긴장이 오고 갔지만 멀리서 바라보는 사람들 눈에는 그들이 동아줄을 당기지도 않는 것으로 보일 수가 있었다. 사실 그들의 손에는 긴장이 머물렀고 얼어붙은 것처럼 그들은 그 자리에서 십 분이 넘도록 머물러 있었다. 줄다리기에 참석한 모든 사람들의 몸에 땀으로 범벅이 되고 있었고 그것을 바라보는 사람들 또한 손에 땀을 쥐고 있었다. 십 분이 넘어가자 교장선생님들과 면 단위의 기관장들은 공동우승이라는 것으로 두 마을 사람들에게 아쉬운 웃음을 흘리게 했다. 나는 그 순간의 양편 선수들의 긴장된 모습과 눈에 살아 있던 기(氣)를 느낄 수 있었고 이미 그의 모습으로 투영되어 공중에 떠 있었다.

올 한해의 결실이 풍성해짐을 또한 느끼며 수확을 담는다.

"一日不作이면, 一日不食"

작가들의 뜨거운 열정이 있기에
올 한해의 결실이 풍성해짐을 또한 느끼며 수확을 담는다.